Gerhard Drechsler

Überschwemmung

Der erste Fall für Château und den wilden Franz

ROMAN

GERHARD DRECHSLER, geb. 1956 in München, lebt seit 2019 in Okzitanien. Nach 35 Jahren als selbstständiger Buchhändler genießt er jetzt die Annehmlichkeiten französischer Lebensart. Nach sechs Büchern als Co-Autor über italienische und spanische Weine erschien zuletzt *Kochen auf Labroutte. Rezepte aus dem Süden.* Dies ist sein erster Roman.

›Das Departement Aude war am schwersten von den Überschwemmungen zahlreicher Flüsse betroffen. Die Wasserstände erreichten an einigen Stellen Höhen, die seit 1891 nicht mehr beobachtet worden waren.

Neben großen materiellen Schäden kamen 15 Menschen bei der Überschwemmung ums Leben und 99 Personen wurden verletzt. Die Schäden dieser Katastrophe wurden ein Jahr später auf etwa 256 Mio. € beziffert‹.

Fédération Française de l'Assurance zur Überschwemmung vom 15.10.2018

Bibliografische Information der Deutschen Nationalbibliothek:
Die Deutsche Nationalbibliothek verzeichnet diese Publikation in der
Deutschen Nationalbibliografie; detaillierte bibliografische Daten sind im
Internet über dnb.dnb.de abrufbar.

© 2023 Gerhard Drechsler
Herstellung und Verlag: BoD – Books on Demand, Norderstedt

ISBN: 9783734706769

Inhalt

Chez Lulu

Als er sah, wie der wilde Franz auf den Ausschnitt der Bedienung im *Chez Lulu* starrte, beschlich Bernard das unangenehme Gefühl, der Abend könnte enden wie derzeit in dieser Münchner Poolbillard-Bar, wo sie nur mit Glück einer Schlägerei entgangen waren. Auch damals konnte es Franz nicht lassen, mit einer der Bedienungen zu flirten, was ihrem Freund, einem muskulösen Kerl, der am Nebentisch spielte, ganz und gar nicht gefiel.

Bernard konnte damals die Situation gerade noch entschärfen. Er entschuldigte sich für seinen Freund und stellte die ganze Sache als Missverständnis hin. Er spendierte dem Kraftpaket und seinem Mitspieler ein Weißbier. Dabei funkelte er Franz zornig an und aus seinem Blick sprach so etwas wie ›jetzt reiß dich bloß zusammen, du blöder Hornochse!‹

Franz Wild, Jurist und Gründer einer angesehenen Kanzlei für Steuerberatung und Wirtschaftsprüfung in München, hatte sich seinen Spitznamen dank unzähliger Affären redlich verdient. Dass seine Ehe dadurch in die Brüche gegangen war, kümmerte ihn wenig. Nach seiner Meinung wartete an jeder Ecke ein Geschöpf, das erobert werden wollte. Freizeitbeschäftigungen hatte er sich entsprechend ausgesucht. Denn auf dem Golfplatz traf man genau so viele aufgeschlossene Damen an, wie in der Münchner Innenstadt, die er gerne mit seinem Porsche Cabriolet unsicher machte. Sogar beim Fliegenfischen hatte er schon eine kurvige Rothaarige kennengelernt.

Im Restaurant *Chez Lulu* in Narbonne, wohin ihn sein alter Freund Bernhard Gschlössl geführt hatte und wo man, ohne vor Wochen reserviert zu haben, nicht einmal einen Stehplatz am Tresen ergattert hätte, bedienten seit einigen Monaten Mathilde und Sylvie. Zwei atemberaubend hübsche Studentinnen der Universität Narbonne. Und obwohl Franz genau wusste, dass es Bernhard unangenehm war, hatte er Sylvie bei jeder Gelegenheit ins Dekolleté geglotzt.

»Jetzt schau doch mal woanders hin, vielleicht in die Weinkarte«, sagte Bernard, der seit seiner Auswanderung nach Südfrankreich nicht mehr Bernhard genannt werden wollte, als er Franz' Blick folgte. »Was willst du alter Sack denn von dem jungen Hüpfer?«

«Mensch Château, man wird doch wohl noch gucken dürfen«, zischte Franz, der Sylvie nicht aus den Augen lassen konnte. Château, französisch für Schloss, war eine Erfindung vom wilden Franz, über die er sich immer wieder köstlich amüsieren konnte, lagen *Schloss* und *Gschlössl* doch so wunderbar nah beieinander.

Das Wortspiel lag für ihn klar auf der Hand. Überhaupt hatte er für alles und jeden immer einen treffenden Spitznamen bereit.

Indirekt konkurrierte er damit gegen Bernard, denn dieser war in Wirklichkeit der wahre Meister von Wortschöpfungen- und Verdrehungen, an denen er während seiner langjährigen Zeit als Mitarbeiter des Wochenendmagazins einer großen süddeutschen Zeitung ausgiebig gefeilt hatte. Als Journalist hatte er verschiedene Ressorts durchlaufen, bevor er seine Lieblingsaufgabe fand, die zweiseitige Rätsel-Rubrik des Wochenendmagazins.

Bernhard Gschlössl und Franz Wild hatten sich vor mehr als 20 Jahren auf dem Golfplatz Wörthsee südwestlich von München kennengelernt. Der Zufall wollte es, dass sie bei einem gemischten Scramble aufeinander trafen. Dieses unterhaltsame Spiel kann in verschiedenen Variationen ausgespielt werden, damals waren es 4er-Teams, bestehend aus zwei Damen und zwei Herren. Alle vier mussten abschlagen, anschließend wurde gemeinsam entschieden, welcher Ball am besten lag. Das musste nicht unbedingt der Weiteste sein. Von diesem Punkt aus schlugen wieder alle vier einen Ball. Wer als Erster das Grün traf, spielte das Loch fertig und lochte ein.

Eine beliebte und unterhaltsame Spielform, konnte man sich den einen oder anderen Fehlschlag erlauben. Da alle vier Mitglieder einer Mannschaft einen Ball schlugen, war die Wahrscheinlichkeit hoch, dass zumindest ein brauchbarer, wenn nicht sogar sehr guter Schlag dabei war.

Während Bernhard mit Ehefrau Anette am Turnier teilnahm, wurde Franz eine Spielerin zugelost. Man verstand sich prächtig, der wilde Franz und seine Mitspielerin sogar etwas zu prächtig, wie Bernhard fand, denn schon am dritten Loch hatte dieser – bei einem Gläschen Prosecco und ungeachtet dessen, dass er mit Eleonore seit bald zehn Jahren eine Ehefrau hatte – die Dame in eine Bar eingeladen, in die man nach dem Abendessen unbedingt noch gehen müsse.

»*Vous avez choisi*?«, Mathilde zückte einen kleinen Schreibblock.

»Ja, natürlich«, antwortete Bernard, der sich mit dem saloppen Duktus, den viele Süd-Franzosen sprachen, wohl fühlte und Ja nicht wie *Oui*, sondern eher wie *Ouais* aussprach.

»Ich hätte gerne ein halbes Dutzend Austern, und zwar die aus Bouzigues und dann die gegrillte Entenbrust mit verschiedenen Gemüsen.«

»*Cuisson*?«, fragte Mathilde.

»Blutig.«

»Und ich nehme die Pastete nach Art des Hauses und dann das Entrecôte mit Frites, ebenfalls blutig, bitte«, sagte Franz. »Außerdem hätten wir gerne zwei Gläser Blanquette de Limoux, eine Karaffe Wasser und eine Flasche 2016er l'Exception von Château Moyau. Damit bist du doch sicher einverstanden Château, oder?«, witzelte er.

Eines musste man ihm lassen, inzwischen hatte er in puncto Weinverstand wirklich dazu gelernt. Hatte er früher die Weinkarte immer von rechts nach links gelesen, so nach dem Motto, der teuerste Wein muss der beste sein, traf er jetzt seine Auswahl mit Überlegung. Und die Weine von Château Moyau waren allesamt ausgezeichnet, der edelste namens Hallucinant hatte es sogar auf die Karte des berühmten Restaurants Sansibar auf Sylt geschafft.

L'Exception sei ein komplexer, tiefdunkler Rotwein aus fünf heimischen Rebsorten, der feine Aromen von reifen Kirschen, Brombeeren, dunkler Schokolade und Röstbrot aufweise, behauptete zumindest die Weinkarte.

Bernard spielte den Unwissenden, obwohl er ein gutes Dutzend Flaschen davon im Keller hatte, freute sich aber sehr auf das Essen und den Wein.

Der Blanquette de Limoux, ein blassgelber Schaumwein mit feiner Perlage kam perfekt gekühlt an den Tisch und die beiden Freunde stießen auf das Wiedersehen an.
»87«, sagte Franz, »eher 89«, entgegnete Bernard. Die Bewertung

nach Parker's 100-Punkte-Schema war für jeden Wein, den sie zusammen tranken, obligatorisch, ebenso die ausschweifenden Beschreibungen der Duft- und Geschmacksnuancen.

Bernard hatte im Anschluss an seinen Job bei der Zeitung einige Jahre als Chefredakteur für das bekannte Weinmagazin *Besser trinken!* gearbeitet. Eigenen Schätzungen zufolge hatte er in den vergangenen 45 Jahren rund 20.000 Weine verkostet. Dadurch war er klar im Vorteil, aber Franz hatte sich eine gute Nase und eine feine Zunge antrainiert, und so warfen sie sich, die Vorspeisen genießend, recht spezifische Begriffe an den Kopf. ›Feuerstein‹, ›Zitronenschale‹, ›Kräuterwürze‹, ›ein Hauch grüner Apfel‹, ›was hältst du von Fenchelsamen?‹

Der Rotwein wurde gebracht, geöffnet, gekostet, für ausgezeichnet befunden und eingeschenkt. Franz, der sich angewöhnt hatte, den Wein im Mund hin und her zu rollen, darauf zu beißen und lautstark zu schlürfen, erntete einen strengen Blick der älteren Dame am Nebentisch, die mit Hut und schimmernder Perlenkette an ihrem Wasser nippte. Sie einigten sich schnell auf 93 Punkte und stürzten sich auf die Hauptgerichte, alles zu *100 % France*, wie eine Wandtafel stolz erklärte.

Domaine Saint Joseph

Der Abend im *Chez Lulu* dauerte dank Espresso und Dessert – Franz war nicht zu bremsen, wenn es in einem Restaurant *Tarte Tatin* gab, einen gestürzten Apfelkuchen mit hauchdünner Karamellschicht – bis nach 23 Uhr und zum Glück waren es mit dem Auto nur gute 25 Minuten bis zu Bernards Zuhause.

Obwohl er seit drei Jahren nicht eine einzige Verkehrskontrolle erlebt hatte, fuhr Bernard gerne auf winzigen Nebenstraßen. Denn getrunken hatten sie reichlich und die gültige Grenze von 0,5 Promille war schnell erreicht. Was Strafen betrifft, sind die Franzosen nicht zimperlich. Wer das erste Mal mit mehr als 0,5 Promille erwischt wird, zahlt 500 Euro, erhält zwei Punkte und genießt einen Monat ohne Auto.

Diese zwei Punkte bekommt man nicht, sondern verliert sie, denn in Frankreich startet jeder Fahrer mit 12 Punkten Guthaben. Werden öfters Punkte abgezogen und es kommt zu einem Stand von null Punkten auf dem Konto, eine äußerst unangenehme Situation, wird der Führerschein ungültig und muss neu gemacht werden, als wäre man Fahranfänger. Obendrauf gibt es ein Fahrverbot von sechs Monaten.

Doch die Rückfahrt verlief problemlos und so konnten Bernard und Franz es sich noch mit einem Glas Wein, Erdnüssen und Pistazien auf der Terrasse gemütlich machen.

»Und deine Anette ist noch mal wo?«, fragte Franz.

Bernards Ehefrau Anette, mit der er seit fast 30 Jahren glücklich verheiratet war, traf sich für gute zwei Wochen mit Freundinnen.

Die Damen hatten sich vor längerer Zeit bei einem Yoga-Kurs kennengelernt und festgestellt, dass sie alle leidenschaftlich gerne strickten. Da sie sich sehr sympathisch fanden, kam Anettes Vorschlag, sich eine Woche in einem gemütlichen Häuschen auf Sylt einzuquartieren, bei den anderen gut an. Denn keine konnte vom Stricken, Plaudern, Tee trinken und Spazierengehen genug bekommen.

»Auf Sylt. Hatte ich dir schon gesagt«, knurrte Bernard, da sich Franz solche Details grundsätzlich nicht merken konnte oder wollte.

»Sie trifft sich wieder mit Verena und Susi. Die drei wollen unter sich sein und an ihren Pullovern, Schals, Westen oder was weiß ich weiter stricken. So wie letztes Jahr, als sie eine Woche in Straßburg waren. Allerdings hängt sie vorne und hinten jeweils noch ein paar Tage dran. Das heißt, sie fliegt erst mal nach Hamburg, nimmt einen Zug nach Kiel und besucht Verena. Anschließend fahren beide über Husum nach Westerland. Auf dem Rückweg fährt sie über München. Da hat sie ja noch jede Menge alte Freundinnen. Sie bleibt ein paar Tage bei …«, Bernard zog die Augenbrauen in die Höhe, »bei … bei der Dingsbums, du weißt schon.«

»Ja, stimmt«, pflichtete Franz ihm bei, »hattest du, glaube ich, schon erwähnt.«

Er hatte keine Ahnung, wen Bernard mit Dingsbums meinte, nickte aber zustimmend.

»Dann hast du jetzt fast drei Wochen sturmfreie Bude und bist ganz alleine auf deiner Domaine. Na ja, nicht ganz, ich bin ja da«, schmunzelte er.

Die Domaine Saint Joseph war ein Konglomerat mehrerer Häuser, die um 1950 herum von Arbeitern und einem Verwalter bewohnt worden waren und zusammen mit umliegenden Rebfeldern ein Weingut bildeten. Der Grundbesitz war gewaltig, aus den geernteten Trauben konnten jedes Jahr durchschnittlich 50.000 Flaschen erzeugt werden.

Die damaligen Besitzer, zwei Ärzte aus Narbonne, begannen eines der Häuser umzubauen und zu modernisieren. Es war als gemeinsames Wohnhaus vorgesehen. Aus den anderen Gebäuden sollte eine Privatklinik entstehen. Doch aus dem Plan wurde nichts. Aus welchem Grund wusste Bernard nicht, die ganze Geschichte des Anwesens, dessen erste Erwähnung im zentralen Archiv von Carcassonne festgehalten war und auf 1572 datierte, kannte er nur bruchstückweise.

Irgendwann in den Siebzigern wurden die Grundstücke getrennt, die Gebäude nach und nach verkauft und von den neuen Besitzern restauriert. Die Gemeinde Marcorignan genehmigte die Bohrung für einen Brunnen, der bis heute die fünf Anwesen mit Wasser versorgt und jedem Anwohner, notariell beglaubigt, zu einem Fünftel gehört. Nach einigen Besitzerwechseln wohnen aktuell zwei französische und zwei deutsche Familien sowie eine amerikanische auf der Domaine.

Das Grundstück von Bernard war mit einem viertel Hektar gerade so groß, dass es ohne fremde Hilfe gepflegt werden konnte, zusätzlich war mit Fabien ein Gärtner engagiert, der alle 14 Tage für ein paar Stunden kam und die besonders anstrengenden Arbeiten wie Bäume ausschneiden, Hecken stutzen etc. erledigte, den *Hard Stuff*, wie Bernard es gerne nannte.

»Gar nicht übel, das Gebräu«, sagte Franz, der einen ordentlichen Schluck aus seinem Weinglas genommen hatte, »würde ihm glatt 93 Punkte geben.«

Damit hatte er bei Bernard ins Schwarze getroffen, denn 92 bis 94 Punkte wäre auch seine Bewertung gewesen.

»Dupont gibt ihm 89, der Trottel«, warf Bernard ein, das Gesicht zu einer Grimasse verzogen. »Keine Ahnung, der Kerl.«

Dupont, das war Jacques-Aurélien Dupont, ein gefürchteter Weinkritiker, der sich vor einigen Jahren bei Robert M. Parker eingekauft hatte. Parker, Jurist und passionierter Weintrinker, galt jahrzehntelang als bedeutendster Wein-Beurteiler weltweit. Seine Bewertungen mit den sogenannten ›Parker-Punkten‹ wurden international zu einem bedeutenden Aspekt der Preisgestaltung. Vor zwei Jahren hatte Monsieur Dupont die Bewertungen vieler französischer, spanischer und portugiesischer Weine nach dem 100-Punkte-System übernommen, da sich Mister Parker nur noch um die Crème de la Crème aus Bordeaux kümmern wollte.

Dupont, Sprössling superreicher Eltern, war mit Mitte zwanzig eines Tages von Paris nach New York City gereist und hatte sich, frech wie Oskar, bei einem Wein-Magazin beworben. Ohne irgendeine Ausbildung, aber eloquent und äußerst selbstbewusst, war er tatsächlich eingestellt worden. Wobei ihm die Kenntnis mehrerer Hundert getrunkener und im Gedächtnis abgespeicherter großer Weine aus dem gigantischen Weinkeller seines Vaters sehr geholfen hatte.

Dieses 100-Punkte-System hatte es in sich, verhalf es doch jedes Jahr dem einen oder anderen bislang kaum bekannten, meistens in winziger Menge produzierten Wein zu riesiger Nachfrage und entsprechenden Preissprüngen.

»Das ist ein 2019er l'Exception von Moyau«, sagte Bernard, der damit das übliche Ratespiel ruckzuck abkürzte, »den 2016er haben wir vorhin getrunken. Ist zwar noch etwas jung, wird sich aber besser entwickeln als der 2016er, da kannst du drauf wetten.«

Die schöne Bäckerin

Der wilde Franz traute seinen Ohren nicht. Was hatte er da soeben aufgeschnappt? Der Bürgermeister von Marcorignan spurlos verschwunden? Sein Fahrrad und seine Umhängetasche in einem Graben gefunden?

Franz war früh aufgestanden, hatte einen von Bernards Drahteseln geschnappt und sich auf den Weg in den Ort gemacht, in dem es zwei Lokale, eine Bar, eine Apotheke, einen Presse-Tabak-Laden, zwei Bäckereien, eine Bücherei, eine Tankstelle und einige weitere Geschäfte gab.

Bernard bevorzugte die Bäckerei *Soleil*, Franz zog es wegen der attraktiven Bäckerin zur Konkurrenz. Sophie, schätzungsweise Anfang dreißig, schlank, groß, mit blonden, hochgesteckten Haaren und einem unwiderstehlichen Augenaufschlag hatte es mehreren Herren angetan. Blöd nur, dass sie verheiratet war und Théo, ihr Mann, immer dann auftauchte, wenn Franz gerade anfangen wollte, ihr Komplimente zu machen.

Doch heute war alles anders. In kleinen Gruppen standen zahlreiche Einwohner des Ortes zusammen und diskutierten, Théo bediente und Sophie erklärte zwei älteren Damen zum wiederholten Male, was sich inzwischen herumgesprochen hatte.

Franz fragte nach zwei *Croissants*, zwei *Pains au chocolat*, einem *Baguette* und lächelte Théo an, der ihn leicht misstrauisch anblickte, »was erzählen sich die Leute da, ich verstehe kaum etwas, die sprechen alle so schnell?«

»Ein Bauer, der noch vor Sonnenaufgang sein Feld bearbeiten

wollte, sah etwas im Wassergraben blitzen, hielt an, stieg ab und zog ein Fahrrad aus dem Sumpf … als er weitersuchte, fand er auch noch eine Umhängetasche … jeder hier kennt die teure, lederne Umhängetasche des Bürgermeisters, die er sich vor Jahren mal extra aus London hat schicken lassen … das kam ihm natürlich komisch vor und deshalb machte er einen Umweg zum Haus des Bürgermeisters, um nach ihm zu sehen, aber er traf niemanden an und es machte keiner auf … er lebt ja alleine dort, seitdem er sich vor einigen Jahren von seiner Frau getrennt hat.«

Nach diesem Wortschwall wandte sich Théo plötzlich ab und fuhr fort, andere Kunden zu bedienen. Franz griff sich seine Tüte, zwinkerte Sophie zu und verließ die Bäckerei.

Gedankenspiele

»Stell dir das vor«, sagte Franz heiser, »der Kerl ist einfach so verschwunden und kein Mensch weiß etwas.«

Bernard wippte gemütlich in seinem froschgrünen Schaukelstuhl von Eames aus dem Jahr 1990 vor und zurück. Es war das gesuchte Fiberglas-Modell, auf das er sehr stolz war, denn er hatte es bei einem durchschnittlichen Verkaufspreis von 800 Euro vor einigen Wochen auf dem jährlich zweimal statt findenden Open-Air-Flohmarkt von *Le Somail* von einem ahnungslosen Händler für 350 Euro erworben, ein echtes Schnäppchen sozusagen.

»Der Kerl heißt Rémy und ist unser Bürgermeister«, erwiderte Bernard, »aber jetzt erzähl mal der Reihe nach!«

Franz war in seinem Element. Als großer Krimi-Fan, er hatte an die 1.000 Taschenbücher im Regal stehen, von Agatha Christie über Lee Child bis zu Martin Arz war alles vorhanden, was Rang und Namen hatte, schwirrten bereits diverse Theorien durch seinen Kopf.

»Den hat einer abgemurkst, ganz klar.«

»So ein Käse«, echauffierte sich Bernard »und wo ist dann die Leiche, bitteschön?« »Jetzt bleib doch mal sachlich, Franz! Ein verschwundener Bürgermeister ist nicht zwingend ein toter Bürgermeister! Man hat ein Fahrrad und eine Umhängetasche gefunden, ja und?«

»Du machst mir Spaß, glaubst du vielleicht, der Kerl hat beides aus Jux und Tollerei in den Graben geschmissen? Dachte immer, du hättest einen klaren Verstand, Château!«

»Arrrrgh, ja, schon«, schnaubte Bernard, »aber du solltest mal logisch darüber nachdenken! Ist er nur gestürzt und liegt in einem Krankenhaus im Koma? Oder hat ihn irgendein Betrunkener angefahren? Und falls ihn jemand vom Rad gezerrt haben sollte, wer könnte etwas gegen unseren Bürgermeister haben?«

Franz schüttelte heftig den Kopf. »Er stürzt, schleppt sich ins kilometerweit entfernte Krankenhaus, lässt aber seine Tasche liegen? Er wird angefahren und verschwindet wie weggezaubert? Ein geheimnisvoller Kannibale holt ihn vom Rad, um seine Vorratskammer aufzufüllen? Du spinnst doch!«

Bernard musste im Stillen zugeben, dass seine Argumentation Schwächen hatte. Eigentlich waren alle genannten Szenarien äußerst unwahrscheinlich. Aber daran, dass der Bürgermeister, ein blasierter Typ mit knallroter Brille und schütterem Haar einen über den Durst getrunken hatte, in den Graben gefahren war, Rad und Tasche liegen gelassen hat und jetzt zu Hause seinen Rausch ausschlief, glaubte er auch nicht.

»Und dann ist da noch die Geschichte mit dem Streit. Auf dem Parkplatz. Wo der schräge Typ, sehr aggressiv, wie du sagst, dem Bürgermeister an den Kragen will. Was ist damit?«

»Weißt du was, Franz, ich werde bei Gelegenheit mal Pauline von der hiesigen Polizei aushorchen.«

Das war leichter gesagt als getan, denn das System der Polizei in Frankreich ist kompliziert, die Befugnisse der jeweiligen Behörden nur Eingeweihten bekannt. Die in Marcorignan ansässige *Police*

Municipale hat, wie vergleichbare Einheiten in kleinen Orten, nur für die Wahrung der öffentlichen Ordnung und Sicherheit zu sorgen und ist direkt dem Bürgermeister unterstellt.

Ernstere Angelegenheiten werden der *Gendarmerie Nationale*, manchmal sogar der *Police Nationale* übergeben, die beide dem Innenministerium unterstellt sind. Alle diese Behörden müssen wohl oder übel zusammenarbeiten, haben eigentlich aber keine große Lust dazu.

»Lass uns mal das Thema wechseln, hast du über meine Frage nachgedacht?«

Bernard hatte Franz am Vorabend noch mit einer extrem schweren Asterix-Frage ins Bett geschickt. Seit sie sich kannten, hatten beide Spaß daran, sich mit Fragen zu allen möglichen Themen herauszufordern. Wie zum Beispiel: Nenne alle Staaten Afrikas und deren Hauptstädte! Oder: Welche Départements in Frankreich haben als Nummer die 10, 20, 30 etc.? Oder besonders gemeine Asterix-Fragen, wie beispielsweise: In welchem Heft und bei welcher Gelegenheit taucht Idefix das erste Mal auf?

Ehrenhalber waren nur Fragen erlaubt, die man als Fragesteller selbst eindeutig beantworten konnte. Googeln, im Lexikon blättern oder alte Hefte lesen war verboten und wurde von beiden strikt eingehalten.

Die Frage war: Nenne alle Orte, die Asterix und Obelix während der Tour de France passieren und die Spezialitäten, die sie jeweils erwerben. Beide hatten schon als Knirpse die Asterix-Hefte verschlungen. Bernard hatte sogar noch Ausgaben mit einem Preis-Aufdruck von 2,80 DM zu Hause. Mittlerweile hatten sie ihre jeweiligen Lieblingshefte wahrscheinlich um die 20 Mal gelesen, also waren solche Fragen schwer, aber nicht unlösbar.

Franz legte die Stirn in Falten.
»Sie starten über Rotomagus, also Rouen nach Lutetia/Paris, der ersten Etappenstadt und kaufen Schinken. Weiter geht es nach Camaracum/Cambrai, wo sie Pfefferminzbonbons erstehen, dort Backpfeifen genannt, Anschließend streifen sie Durocorturum, also Reims, wo sie herben, trockenen, halbtrockenen und süßen Wein in Amphoren erstehen, um in Divodurum/Metz« … hier kam Franz ins Straucheln, wollte ihm die Spezialität dieses Ortes einfach nicht einfallen.

»Macht nichts, wenn du es nicht parat hast, geschenkt«, sagte Bernard gönnerhaft, was Franz ärgerte. Schlaumeier Bernard weiß es wieder besser, dachte er sich, ließ sich aber nichts anmerken.

Es gab tatsächlich keine Spezialität aus Metz, da Asterix von einem gewissen Heuchlerix verraten und ins Gefängnis geworfen wurde. Obelix musste ihn befreien, was so viel Zeit kostete, dass sie beschlossen, Metz ausfallen zu lassen und erst in Lyon wieder einzukaufen.
Hätte es den Zwischenfall nicht gegeben, sie hätten wohl *Boulets de Metz*, Schokolade-Kugeln in der Form von Kanonenkugeln oder irgend etwas aus Mirabellen, für die Metz berühmt ist, Konfitüre, Schnaps oder Torte gekauft.

»Nächste Etappe ist Lyon/Lugdunum, sie kaufen geräucherte Fleischwurst und von da geht's nach Nicae/Nizza. Salat!«

Bis hierher war Franz verdammt gut unterwegs, es fehlten noch Massilia/Marseille, Tolosa/Toulouse und Burdigala/Bordeaux, wobei es auch in der Vergangenheit immer ein Problem gewesen war, die Spezialität(en) von Bordeaux zu benennen.

Bouillabaisse aus Marseille war klar, ebenso Toulouser Wurst (kein *Cassoulet* ist heutzutage ohne sie vorstellbar), aber Bordeaux? Wein, natürlich Aber sie brachten weißen Bordeaux mit und nur aus dieser Etappenstadt noch eine zweite Spezialität, nämlich Austern. Auch dieses Mal scheiterte er an Bordeaux, indem er nach langem Überlegen den Rotwein zwar korrekt in Weißwein änderte, die Austern aber vergaß.

Golfplatz *Les Amarats*

Am Tag vor dem viel diskutierten Vorfall hatten Bernard und Franz am Nachmittag ihre Golfsachen gepackt und den nahe gelegenen Platz *Les Amarats* besucht. Ein noch junger Golfplatz, wenn man so will, die Eröffnung lag erst einige Jahre zurück.

Franz hätte in seinem Schlitten, einem bronzefarbenen Porsche Macan Turbo wesentlich mehr Stauraum gehabt und bequemer wäre es ohne Zweifel auch gewesen. Aber Bernard wollte unbedingt mit seinem GTL, einem luxuriös ausgestatteten R4 fahren. Der Renault R4, ein Viersitzer mit oben angeschlagener Heckklappe, wurde von 1961 bis 1992 hergestellt und mehr als 8 Millionen Mal verkauft. Liebhaber schätzen die nach vorne kippbare Motorhaube wie beim Jaguar E-Type, den Revolvergriff-Schalthebel im Armaturenbrett und die seitlichen Schiebefenster.

Bernards Modell war ein beigefarbener GTL. Er liebte es, ihn wie die Franzosen auszusprechen, was dann wie *Schi-ti-elle* klang. Das Baujahr war 1983, er hatte also schon knapp 40 Jahre auf dem Tacho. Trotzdem lief das Wägelchen wie ein Uhrwerk, was auch daran lag, dass Bernard, inzwischen fast ein R4-Experte, seit Anfang an alle Arbeiten an dem Auto selbst erledigte.

Er hatte lange gebraucht, Anette zu dem Wagen zu überreden. Nachdem sie sich endlich an ein Automatikgetriebe gewöhnt hatte, wollte sie eigentlich nie wieder mit Handschaltung fahren. Aber Bernard hatte seinen ganzen Charme aufgeboten und letztendlich hatte sie zugestimmt.

»Mit deiner Karre fallen wir wahnsinnig auf«, erklärte Bernard, der auf keinen Fall in einem röhrenden Luxus-Auto mit deutschem

Kennzeichen vorfahren wollte.

Da war er inzwischen eigensinnig geworden. Die Anpassung an das tägliche Leben im Languedoc hatte bei ihm einiges verändert. Vor Jahren selbst noch zu den grantigen ›zweite Kasse bitte - Rufern‹ im deutschen Drogeriemarkt gehörend, genoss er es inzwischen geradezu, beim Bäcker, Metzger oder im Supermarkt geduldig und gut gelaunt zu warten, bis er dran war.

Ein Schwätzchen mit dem Hintermann oder der Dame an der Kasse ließ die Wartezeit wie im Flug vergehen. Ganz anders manche Touristen, die allem Anschein nach nicht mal im Urlaub ein paar Minuten übrig hatten.

»Dann quälen wir halt deine Kiste zum Golfplatz«, sagte Franz resigniert, denn er wusste, Bernard würde nicht nachgeben.

Franz Wild zählte 67 Lenze und war somit ein Jahr älter als Bernard. Groß und ziemlich schlank, insgesamt jedoch etwas schwammig. Er hatte Jura studiert und arbeitete als Steuerberater und Wirtschaftsprüfer. Vor einigen Jahren hatte er die erfolgreiche Firma, die sein Vater gegründet hatte, übernommen. Seinen Sohn Peter, einen eifrigen, aber verklemmten und leicht stotternden Burschen, hatte er in der Kanzlei installiert und pflasterte seinen Schreibtisch mit all den langweiligen Aufgaben, die irgendeiner machen musste.

Wenn er gegen 10 Uhr im quietschgelben Polo-Hemd in sein Büro kam, wusste sofort jeder, er wäre spätestens um halb zwei wieder weg und auf dem Weg zum Golfen.

Aufgrund zahlreicher Affären, dem Sammeln teurer Autos und

seiner Leidenschaft, auf dem Golfplatz Wettspiele um hohe Geldbeträge zu veranstalten, wurde er von allen nur der wilde Franz genannt. Seiner Frau Eleonore wurde es eines Tages zu viel. Sie zog aus und verlangte die Scheidung. Genaueres wusste niemand, aber Franz hatte mit einem ausgeklügelten Ehevertrag vorgesorgt und einen erheblichen Teil des Besitzes halten können.

Neben einem Haus mit Park und 3-Loch-Kurzplatz zum Golfen südwestlich von München, nannte er einen 16 × 2,5 Meter großen Swimmingpool und eine riesige Garage sein Eigen. Platz genug für einen bronzefarbenen Porsche Macan Turbo, einen granatroten 911er und ein silbernes Jaguar-Oldtimer Modell Mark II, das er gerne und gewissenhaft polierte.

Am liebsten hatte er sein Porsche 911 Carrera 4S Cabrio aus dem Jahr 2010, Baureihe 997.2, von dem gerade mal 2013 Exemplare produziert worden waren und das nur bei bestem Wetter bewegt wurde. Überhaupt kannte er die Geschichte der Firma nahezu auswendig und mit Fragen zu Typen und Baureihen brachte er Bernard immer wieder zur Verzweiflung.

Aktuell pflegte er eine wenig ernste Beziehung mit Jessica, 41, der Tochter eines Mandanten. Typisch für den wilden Franz, der es fast vorsätzlich am Respekt Frauen gegenüber fehlen ließ, bezeichnete er sie gerne als seine ›Hop-on-hop-off-Beziehung‹.

Sie hatten wegen der Hitze nur neun Löcher gebucht und diese in knapp zweieinhalb Stunden geschafft. Sie spielten wie immer eine Art Lochwettspiel. Wer weniger Schläge brauchte, gewann das Loch und erhielt einen Punkt. Bei Gleichstand kam der Punkt in den Topf und wer das nächste Loch gewann, bekam dadurch zwei Punkte und so weiter.

Bernard hatte zwei Mal Pech mit knapp daneben geschobenen Putts, sodass Franz am Ende mit 5:4 gewann und entsprechend triumphierte.

»Die Runde geht dann auf dich«, grinste er und rieb sich vergnügt die Hände.

»Alles klar«, räumte Bernard ein, »komm, wir setzen uns auf die Terrasse in den Schatten!« Franz griff sich flugs die Getränkekarte und entschied sich für einen großen Mimosa *Les Amarats*, Bernard bestellte sich einen Campari Soda auf Eis. Der Mimosa war ein Klassiker des Golfclubs, den die Pächterin des Restaurants erfunden hatte. Erfunden war übertrieben, denn Cocktails namens Mimosa existierten in Frankreich schon ewig, aber sie hatte die Zutaten etwas verändert und gab das Getränk gerne als ihre Erfindung aus.

In einer hohen Champagnerflöte serviert, bestand die hier angebotene Version aus Blanquette de Limoux, eiskaltem, frisch gepressten Orangensaft und ein paar Spritzern Limette.

»Gib mir doch mal schnell den Autoschlüssel«, sagte Franz, »ich hol' mir das Moskitospray, die Typen sind ganz schön lästig!«

Es stimmte. Es war ein seltsames Jahr. Moskitos ohne Ende, dazu jede Menge Wespen und Zikaden. Die Wespen wurden mit zunehmender Hitze immer aggressiver, die Zikaden flogen einem manchmal mitten ins Gesicht. Man konnte Angst bekommen. Bernard hatte in seinem Gartenschuppen eine ansehnliche Sammlung an Spraydosen aufgereiht, alle mit ähnlicher Wirkung. Man sprühte am Abend den giftigen Schaum auf das Nest und schlagartig blieben alle Wespen flugunfähig kleben. Bei solchen

Sachen waren die Franzosen nicht zimperlich. Auch Fallen, in denen Maulwürfe in die Luft gesprengt wurden, gab es im freien Verkauf. Bernard fuhr zusammen, als Franz plötzlich wieder neben ihm stand.

»Mensch Château«, auf dem Parkplatz, der Dingsbums, du weißt schon, euer Bürgermeister, der Präsident der Anlage hier« keuchte ihm Franz ins Gesicht, »der ist mit durchdrehenden Reifen weggerast, das glaubst du nicht!«

»Wieso denn das«, Bernard war perplex, »was ist passiert?«

»Irgend so eine Type, sah aus wie Frank Zappa, hat ihn angebrüllt und hätte ihn wohl gern am Kragen gepackt, der hat gerade noch die Kurve gekriegt.«

In Bernards Gehirn arbeiteten die Schaltkreise schnell und effektiv. Der Einzige, auf den die Beschreibung passte, war Eric, Sohn eines Winzers, der hier in der Nähe wohnte.

»Hast du denn mitbekommen, um was es ging«, wollte Bernard wissen und kratzte sich am Kopf.

»Nein, der Typ hat gegen das Fenster geschlagen und irgendwas gebrüllt, aber du weißt ja, mein Französisch ist nicht so gut und dann der grausame Dialekt hier.«

Da sich Bernard darauf ebenfalls keinen Reim machen konnte, verflachte die aufgeregte Diskussion nach kurzer Zeit und man wand sich der Speisekarte, einer handbeschriebenen Tafel zu, die für heute *coustellous de porc* anpries, ein speziell hier in der Gegend gebräuchlicher Begriff für Spareribs.

Köche

Ein neuer, wunderschöner und sonniger Tag brach an und die beiden Freunde ließen es langsam angehen. Sie hatten sich angewöhnt, ein bisschen Sport zu treiben und anschließend einen Kaffee am Pool zu trinken.

Bernard hatte sich dazu einen Raum im Obergeschoss in ein kleines Fitness-Studio umgebaut. Neben einer uralten Kraftmaschine, die rein optisch seiner besseren Hälfte ein Dorn im Auge war, gab es stylishe Hanteln aus Holz und Leder, Yoga-Matten und eine Sprossenwand mit Trainingsbank. Bernard, der im Lauf von drei Jahren sein Gewicht von 92 auf 80 kg reduziert hatte und auf ein noch sehr verhaltenes Sixpack stolz war, trainierte eisern jeden zweiten Tag eine Viertelstunde. Dabei wechselte er zwischen Dehnübungen und Kraftübungen.

Franz war dazu viel zu inkonsequent und bezeichnete seinen täglichen Spaziergang, immerhin drei Kilometer, als Sport-Walking. Nun, besser als faul im Deckchair zu liegen, war es allemal.

»Wie sieht eigentlich der Essensplan für die nächsten Tage aus«, wollte Franz wissen und nahm einen großen Schluck aus seiner Kaffeetasse.

»Weiß nicht«, erwiderte Bernard. »Irgendwelche Vorschläge?«

»Aber sicher«, Franz, der für sein Leben gerne aß, hatte einiges in petto.

»Du kochst doch so gut, Château, wie wäre es, wenn wir in einen richtig geilen Supermarkt fahren und uns inspirieren lassen. Jakobsmuscheln, Garnelen, Austern, frischer Thunfisch, Wachteln, Entrecôte, Pilze, Pasteten?«

Hier unterbrach ihn Bernard mit einem geseufzten »ja, reicht schon, was hältst du davon: Heute frische Feigen mit Speck, anschließend Wachteln vom Grill und morgen dann ein Dutzend Austern und ein dickes Stück roter Thunfisch, kurz und scharf angebraten mit Ratatouille?«

Franz grunzte zufrieden und leckte sich über die Lippen. Der Umzug nach Frankreich hatte aus Bernard einen richtig guten Koch gemacht. Schon als Kind durfte er immer seiner Großmutter beim Abschmecken helfen, das Talent dazu war ihm irgendwie angeboren.

Bernard, der gerne an vergangene Zeiten dachte, liebte Rehschlegel mit Spätzle, Preiselbeeren und sahniger Soße. Sein Großvater war auf die Jagd gegangen und bei den Großeltern gab es öfters Wild zu essen. An Rehe, Fasane und Rebhühner konnte er sich lebhaft erinnern.

»Noch ein bissl Zitrone, Oma und vielleicht etwas mehr Salz«, forderte er die Großmutter heraus, die der Meinung war, er mache das richtig gut und die Soße für das sonntägliche Essen entsprechend nachwürzte. Während ihm früher die Zeit gefehlt hatte und er froh war, wenn Anette etwas gekocht hatte, wenn er spätabends von der Arbeit nach Hause kam, hatte er hier richtig Lust darauf, am Herd zu stehen.

Dazu trug natürlich bei, dass die Qualität der Produkte in Frankreich erstklassig war, sodass schon der Einkauf ein

Vergnügen war. Tomaten aus Belgien? Kopfsalat aus den Niederlanden? Austern aus Irland? Makrelen aus dem Schwarzen Meer? Wachteln aus dem Tiefkühl-Regal?

Nein, danke! Alles war frisch und *100 % France*!

Außerdem verfügte das Anwesen über einen großen Gemüse- und Kräutergarten, in dem sich Bernard oft und gerne bediente. Von Estragon, Petersilie, Rosmarin, Thymian, Koriander, Zitronengras und Bohnenkraut über Sellerie, Zwiebeln, Artischocken, Paprika und Karotten reichte das Angebot bis hin zu Kartoffeln und Tomaten verschiedener Sorten.

Besonders gerne beschäftigte er sich im Gemüsegarten jedoch mit Chili-Pflanzen. Die Franzosen hatten es nicht so mit Chili, sie waren mit ihrem *Piment d'Espelette* zufrieden, ein recht scharfes, fruchtiges Pulver aus Schoten namens *Gorria* die in und um *Espelette*, einem Dorf im französischen Baskenland, geerntet wurden.

Bernard war das viel zu harmlos. Er bevorzugte höllisch scharfe Mischungen, für die er überall Verwendung fand, sei es, um eine *Mousse au chocolat* spannender zu machen oder um einem Spiegelei ordentlich Feuer zu verleihen. Sein Favorit war *Carolina Reaper*, so ziemlich das Brutalste, was man anbauen konnte.

Anfang Juli war Hochbetrieb im Garten. Die Aprikosen waren schon geerntet, die Himbeeren dunkelrot, die Heidelbeeren leuchteten in der Sonne wie Anettes Augen. Pfirsiche und Feigen luden ein, sich direkt vom Baum zu bedienen.

Die Kartoffeln, Bernard hatte auf einer englischsprachigen Website letztes Jahr einen genialen Tipp entdeckt, hatten sie heuer in 20-l-Eimer gesetzt. Durch die enge Form des Eimers konnte man die Pflanzen, sobald sie zu wachsen begannen, problemlos anhäufeln. Man gab immer wieder so viel Erde drauf, dass alles Grüne zugedeckt war. Dadurch konnte die Kartoffel mehrere seitliche Triebe und daran neue Knollen bilden. Die Erntemenge vervielfachte sich.

Es war ein gutes Jahr gewesen. Im Keller lagen ungefähr 200 neue Kartoffeln, etwas größer als Hühnereier und von kräftiger Farbe. Ein Zeitpunkt, den Bernard immer herbeiwünschte, konnte er jetzt endlich im frei gewordenen Teil des Gemüsebeetes seine selbst gezogenen Chilis pflanzen.

Franz kam mit einer Schüssel Feigen in die Küche.

»Wahnsinn, die sind ja dermaßen gut«, schmatzte er und biss in eine weitere schwarz-lila-blaue Frucht. »Jetzt mach mal, Chef!«

Und Bernard ließ sich nicht zwei Mal bitten. Er wusch die Feigen, halbierte sie, entfernte den Stielansatz und stellte sie in den Kühlschrank.
Um Franz und seinem fragenden Gesicht zuvorzukommen, meinte er nur: »Gekühlt sind sie besser!« Er briet einige Streifen Bacon mit etwas Kümmel, bis sie schön knusprig waren, ließ eine Papierserviette das überschüssige Fett aufnehmen, legte den Speck auf die Feigen und würzte vorsichtig mit frisch zerstoßenem rosa Pfeffer und etwas Meersalz. Die rosafarbenen Pfefferbeeren erntete er von einem Baum, den er zwei Jahre lang völlig ignoriert hatte. Bis ihm Fabien, der Teilzeit-Gärtner erklärt hatte, es handle sich um ein Sumach-Gewächs, die Beeren könne man aber aufgrund ihrer milden, leicht süßen Aromen genau so gut wie echten Pfeffer

verwenden.

»Kennst du den Unterschied zwischen französischen und deutschen Feinkostgeschäften, Château?«, wollte Franz wissen. Und bevor Bernard antworten konnte, wiehert er »ganz einfach, in Frankreich liegen die Wachteln im Kühlregal, in Deutschland schieben sie Einkaufswägen durch die Gänge.« Bernard ließ Franz' derben Humor unkommentiert, rollte mit den Augen und vollendete sein Werk mit einem Hauch Chili.

Keine 10 Minuten später war der Teller leer und die Hälfte einer Flasche Pinot noir eines nahe gelegenen Weingutes ausgetrunken.

»Ich tu mir ja schwer mit Blauburgunder, wie du weißt«, sagte Franz, der diese hell-ziegelroten, oft leicht parfümierten Weine, die ihn an Dosenerdbeeren erinnerten, nicht besonders leiden konnte.

»Zu den Wachteln machst du aber was Anständiges auf, oder?«

Bernard sah über die Bemerkung hinweg und notierte sich ein weiteres Mal im Stillen, dass erstklassiger Pinot Noir und Franz Wild so etwas war, wie Perlen vor die Säue zu werfen.

Die Wachteln hatte Bernard am späten Nachmittag vorbereitet. Sie wurden mit Thymian, Rosmarin, einer Knoblauchzehe und einem Schnitz Zitrone gefüllt. Dann mit Salz und Pfeffer eingerieben und mit zwei oder drei Scheiben Bacon umwickelt, um die zarten Bruststücke zu schützen. Zuletzt wurde der Speck mit Küchengarn fixiert. Franz hatte den Kugelgrill mit etwas Holzkohle und Briketts bestückt und nach einiger Zeit begonnen, gut getrocknete Stücke Rebholz aufzulegen. Jetzt war die gewünschte weiße Glut erreicht, das Thermometer zeigte 225 Grad an.

Eine Dreiviertelstunde später waren auch die köstlichen Wachteln verspeist, dazu Zwiebeln von der Größe eines Golfballs, die Bernard samt Grün halbiert, mit Kurkuma eingerieben und Franz, dem Mann am Grill anvertraut hatte. Zu einem milden Ziegenkäse und einem halben Baguette leerten sie den Rest des kalifornischen Cabernet Sauvignon – einstimmig 95 Punkte – in die Gläser und verschmolzen langsam mit der Dunkelheit.

Pauline

Da der Bürgermeister bereits den zweiten Tag unauffindbar war, hatte die örtliche Polizei Unterstützung durch die für das Département zuständige Gendarmerie erhalten. Zwei Beamte mit militärischem Gehabe und raspelkurz geschnittenen Haaren wurden in einem der beiden Gästehäuser, etwas außerhalb des Ortes gelegen, einquartiert.

Zum Missfallen der örtlichen Polizeikräfte übernahmen sie sofort das Kommando und erteilten Anweisungen. Die 24 Stunden vor dem Auffinden des Fahrrades und der Tasche sollten rekonstruiert, Nachbarn befragt und das Haus des Bürgermeisters durchsucht werden. Man hatte einen Schlosser des Nachbarortes mit der Öffnung der Haustüre beauftragt.

Pauline und ihre drei Kollegen Antoine, Hugo und Louis, die es gewohnt waren, tagtäglich eine ruhige Kugel zu schieben, waren genervt. Statt an der Hauptstraße zu stehen und den Verkehr zu regeln, wurden ihnen jetzt Befehle erteilt. Vorbei die Zeiten, wo sie allzu forsche Autofahrer ermahnten oder mit dem Fahrrad durch den Ort fuhren. Louis und Antoine mussten ihre Schreibtische räumen und Platz für die neuen Kollegen machen, die ununterbrochen telefonierten oder Kaffee tranken.

Bernard und Anette hatten kurz nach dem Umzug eine Einladung zum Apéro ausgesprochen und vom Bürgermeister bis hin zu den Nachbarn alle eingeladen. Sowohl die Polizeikräfte des Ortes, als auch einige Geschäftsinhaber, der Bauer, dem das Weinfeld vor ihrem Haus gehörte, die Winzerin eines nahe gelegenen Gutes, die für den Umbau verantwortliche Architektin samt Bauleiter und viele Handwerker waren gekommen.

Es gab jede Menge Blanquette de Limoux, Wein und Bier – die Handwerker tranken fast alle gerne Bier und kamen bei Bernards Augustiner Edelstoff, wovon er zwei Kästen mitgebracht hatte, ins Schwärmen – dazu Nüsse, Oliven, Brot und Käse, Anchovis und Cornichons.

Bernard hatte es sich nicht nehmen lassen, zusätzlich einen großen Teller Feigen mit Speck und eine Schüssel Pimientos de Pádron aufzutischen. Letzteres war eine Spezialität aus Galizien, grüne, noch nicht ausgereifte Paprikaschoten, die unterschiedlich scharf sein konnten, von ganz mild bis ziemlich feurig. Der gemeinsame Verzehr war deshalb höchst unterhaltsam, denn früher oder später saß immer jemand mit rotem Kopf und leichter Atemnot in der Runde und schwitzte.

Der Apéro zog sich bis weit in den Abend hinein und die Gastgeber waren begeistert, von allen sofort akzeptiert zu werden. Man erzählte sich Geschichten, lachte und trank auf die deutsch-französische Freundschaft. Bernard, der sich in Gesellschaft von Pauline, der Polizistin und Thierry, dem für die Umbauten zuständigen Bauingenieur am wohlsten fühlte, freute sich, dass sein Französisch wesentlich weniger eingerostet war, als befürchtet. Beide waren cool und schlagfertig und was für ein Zufall, Asterix-Liebhaber.

Deshalb war es Pauline, die er ansteuerte, um zu erfahren, wie es im Fall des verschwundenen Bürgermeisters stand.

»Was kannst du mir verraten, Pauline?« begann er vorsichtig.

»Ach Mensch, Bernard, da haben sie uns zwei Vögel vor die Nase gesetzt, sag' ich dir«, Pauline kam in Fahrt, »was die alles von uns wollen. Unglaublich.«

Er erfuhr, dass sie einige Tipps erhalten hatten und mehrere Spuren verfolgten. Einiges würde man sich vom Hinweis einer Nachbarin über die ›Zigeuner‹ versprechen.

Am Ortsrand würden bekanntermaßen seltsame Gestalten in selbst gebauten Hütten und alten Lieferwägen hausen. Diese hätten angeblich Grund genug gehabt, auf den Bürgermeister sauer zu sein, da er ihnen die Nutzung des verwilderten Streifens zwischen Wald und Straße untersagt hätte. Zumindest hätte sie das beim Bäcker gehört und der würde ja keinen Unsinn erzählen, oder?

Pauline seufzte »jetzt müssen wir also da raus fahren und die Leute befragen, wobei ich die eher für harmlos halte.«

»Und dann gibt es da noch den jungen Alain, Sohn des Winzers mit dem größten Grundbesitz weit und breit, der schon öfters verdächtigt wurde, Hauswände, Brückenbefestigungen oder Schallschutzwände mit Graffiti verziert zu haben. Seine jüngste Glanzleistung war, das Quadratmeter-große Wahlplakat von Rémy mit roter Clownsnase und Hitlerbärtchen zu verschönern und sich dabei erwischen zu lassen. Steht anscheinend genau so weit links außen, wie sein Vater, der Bengel.«

»Rémy?«, fragte Bernard, wobei ihm im selben Augenblick bewusst wurde, dass mit Rémy der Bürgermeister Rémy Fournier gemeint war.

»Schließlich ist von mehreren Leuten ein geheimnisvoller Motorradfahrer erwähnt worden, der die Gegend wie seine Westentasche kennen muss, da er mit Standlicht durch die Gegend gerast ist. Marielsa, eine Winzerin, die immer schon zur Morgen-

Dämmerung zu arbeiten beginnt, hat ihn wohl in der Nähe des gefundenen Fahrrades gesehen.«

»Und die letzten 24 Stunden vor dem Auffinden von Fahrrad und Tasche?«

Bernard ließ nicht locker, »da kann ich dir nichts sagen, besser, ich darf es nicht, da kümmern sich die beiden Schlaumeier intensiv drum, nur so viel: Rémy war im Golfclub und hat dort gegessen, was für den Präsidenten des Clubs ja nichts Ungewöhnliches ist, er fuhr dort am frühen Abend mit seinem Auto weg und das ist alles, was ich weiß.«

Damit ließ sie ihn ziemlich abrupt stehen und verschwand. Pauline war nicht auf den Kopf gefallen. Weder die Leute am Ortsrand noch der reiche Winzer samt halbstarkem Sohn kamen für sie infrage, wenn jemand dem Bürgermeister an die Gurgel wollte.

Interessanter klang die Geschichte mit dem Motorradfahrer. Ein Fremder, der sich hier auskennt. So gut, dass er mit Standlicht durch die Rebfelder braust. Noch dazu war er angeblich in der Nähe der Stelle, wo man Rémys Fahrrad und Tasche gefunden hat. Möglicherweise sogar genau dort. Ein Verkehrsunfall? Blödsinn, dann hätten sie ja einen verletzten Bürgermeister finden müssen.

Konnte er etwas beobachtet haben? Kaum. Da kämen zu viele Zufälle zusammen.

Auf jeden Fall würde sie baldmöglichst Marielsa befragen müssen. Vielleicht könnte sie ihnen mit ein paar Details weiterhelfen.

Der Tag war anstrengend gewesen, sie freute sich auf den

Feierabend. Sie würde in ihr Reihenhäuschen fahren, Kater Noël würde faul in der Sonne liegen und sie erwarten. Sie würde sich unter die Gartendusche stellen, die sie sich im Frühjahr hatte installieren lassen und den Verdruss des Tages von sich spülen. Sie würde sich Tomaten und Basilikum aus dem Garten holen, ein Baguette auftauen, eine gute Flasche Rosé öffnen und den milden Abend genießen. Was gab es Schöneres, als die Seele baumeln zu lassen? Morgen war schließlich auch noch ein Tag.

Minerve

Um Franz einen Wunsch zu erfüllen, den dieser schon mehrfach geäußert hatte, waren die beiden tags darauf am frühen Vormittag aufgebrochen, um Minerve, einen winzigen Ort mit etwas mehr als 100 Einwohnern zu besuchen. Minerve war, wie *Montségur, Quéribus, Puivert* und unzählige andere Orte eine alte Festung. Er wurde von zwei Flüssen eingerahmt, war auf einem Felsen erbaut und garantierte beeindruckende Blicke auf die umliegenden Weinberge, Teile des *Minervois*.

Die Fahrt dauerte keine Stunde, sodass ihnen genügend Zeit für einen Spaziergang durch den Ort blieb, bevor sie um 13.00 Uhr ein erst kürzlich eröffnetes Restaurant ansteuern wollten. Bernard, der im Umkreis von 50 km so gut wie jedes außergewöhnlich gute Lokal kannte, wusste natürlich, dass es genau genommen keine Neueröffnung war.

Die Besitzerinnen, drei Belgierinnen, hatten einige Jahre lang ein kleines Restaurant nahe Montpellier geführt und es sehr beliebt gemacht. Da flatterte ihnen eines Tages das Angebot auf den Tisch, in Minerve ein Steinhaus mit Terrasse und Blick auf die beiden Flüsse zu erwerben. Die Immobilie entpuppte sich als perfekt geeignet für ein Restaurant mit 30 bis 40 Gästen. Für einen hochwertigen Küchen-Einbau war ebenfalls ausreichend Platz und es gab sogar einen kühlen Kellerraum, ein optimales Flaschenlager.

Bernard hatte online reserviert. Die Damen waren in diesem Punkt auf Zack, kannten sich mit *facebook, lafourchette, open table* oder wie die Reservierungssysteme hießen, gut aus und hatte bereits einen Blick auf die Speisekarte geworfen, der ihm das Wasser im Mund zusammen laufen ließ.

Doch das Vergnügen musste noch warten. Besucher konnten ihre Autos ausschließlich außerhalb des Örtchens parken. Die engen Gassen, Läden und Lokale waren nur zu Fuß zu erreichen und nach zehn Minuten bei hochsommerlichen Temperaturen klebten ihnen die Polos am Leib. Zeit für eine Erfrischung im Schatten.

Kleine Cafés gab es fast genau so viele wie Läden mit Postkarten und Kunsthandwerk – auch der Tourist sollte schließlich zu seinem Recht kommen. Nach zwei großen Bieren, Franz konnte sich jedes Mal totlachen, wenn ein ›großes‹ Bier in einem 0,33 Liter Glas serviert wurde, machten sie sich wieder auf den Weg, nicht ohne hier und da ein paar Erinnerungsfotos zu schießen.

»Sag mal, Château, hast du mal über die Geschichte mit eurem Bürgermeister nachgedacht?«, Franz hatte sein ›Stamperl‹, wie er es nannte, ruckzuck ausgetrunken.

»Ja, schon« erwiderte Bernard, »aber so lange es keine Spuren gibt …«, er ließ den Satz offen, um dann doch fortzufahren »müsste man mal auf eigene Faust recherchieren, schließlich kenne ich jede Menge Leute.«

»Hmm« konnte er Franz damit entlocken, »dann lass uns morgen mal einen Plan machen, aber zuerst, zum nahenden Mittagessen passend: Wer sagt in welcher Taverne ›NEIIIN! Hie' sind nu' Hasenfüsse d'in!‹?«

Eine Frage, die Bernard nur ein müdes Grinsen entlockte: »Der dunkelhäutige Pirat *Baba*, der kein ›R‹ aussprechen kann. In der Taverne *Zum gestrandeten Piraten*. Obelix möchte in den Kessel schauen, ob da die gestohlenen Sesterzen drin sind. Der Pirat, der sich aus Angst vor Schlägen drin versteckt hatte, hält ihn mit eben diesem Satz davon ab, weiter zu suchen«.

»Aber jetzt du, welches Heft?«

Die Antwort kam prompt: »Kupferkessel!«

Mit diesem Unentschieden steuerten sie auf das Restaurant zu, in Gedanken allerdings eher bei Tatar von der geräucherten Forelle mit Passionsfrucht als bei Hasenfüßen.

Frank Zappa

Da sich in der Sache nicht viel tat, beschlossen Franz und Bernard bei Dessert und *Café express*, eigene Nachforschungen anzustellen und machten sich auf den Rückweg. Pauline hatte ihnen mehrfach gesagt, die Ermittlungen würden laufen und sie sei ermahnt worden, den Mund zu halten. Dadurch erfuhren sie mit keiner Silbe, dass Hugo und Antoine die *Tziganes*, wie Hugo die Nichtsesshaften verächtlich nannte, ziemlich in die Mangel genommen hatten.

Dabei kam es nicht nur zu heftigen Wortgefechten, sondern auch zu Tätlichkeiten, die mit zwei vorübergehend festgenommenen fremden Männern und einem schmerzenden Schienbein bei Antoine endeten.

»Du schreibst auf, was wir wissen, Château«, sagte Franz. »Also: Der Bürgermeister ist verschwunden, sein Fahrrad und seine teure Umhängetasche wurden in einem Graben, etwa 1,5 km von seinem Haus entfernt, gefunden. Da die Sachen früh am Morgen gefunden wurden, muss er entweder sehr früh oder am Vorabend unterwegs gewesen sein. Wo war er da?«

»Das war doch der Abend im Golfclub, oder«, dachte Bernard laut mit »als du mir erzählt hast, dieser Typ hätte ihn angepöbelt?«

»Genau.« Franz' detektivische Ader war getroffen, »den sollten wir uns mal vornehmen! Und was ist mit den – schlag mich nicht gleich, ich sag' jetzt einfach mal – Zigeunern? Und dem Graffiti-Künstler? Und dem Moped-Heini?«

Bernard hatte sich stichpunktartig Notizen gemacht, die er nochmals überflog.

»Bei den Zigeunern, wie du sie so schön nennst, können wir nichts ausrichten. Da kümmert sich eh die Polizei drum. Der halbstarke

Künstler wird von seinem Vater und dessen Anwälten beschützt und vom Motorradfahrer wissen wir nur vom Hörensagen.«

»Bleibt eigentlich nur Frank Zappa«, schnaubte Franz, »aber ohne was zu trinken, trocknet mein Gehirn gleich ein.« »Ich hol' uns mal zwei Bier, wenn's recht ist.«

Bernard nickte und fügte noch an: «Nimm aber die geeisten Tonkrüge aus dem Tiefkühler! Schmeckt um Längen besser!«

In den umliegenden Supermärkten gab es jede Menge Bier. Von winzigen regionalen Erzeugern bis hin zu Heineken oder Corona, etliche belgische Produkte und als einziges bayerisches Bier sogar Paulaner, aber Augustiner war weit und breit nicht aufzutreiben. Deshalb freute sich Bernard immer sehr, wenn Besuch kam und ihm ein paar Flaschen mitbrachte.

Franz hatte sich nicht lumpen lassen und neben zwei Kästen des gesuchten Gerstensaftes zwei Mal je sechs vakuumverpackte Weißwürste und Leberkäs' aus einer Kühlbox gezaubert. Und natürlich zwei Gläser süßen Senf. Fehlten nur noch frische Brezen zum absoluten Glück.

Seitdem ihm ein Bekannter den Tipp mit dem Tiefkühlschrank gegeben hatte, beherbergte dieser immer zwei Steinkrüge von *Wiesn dahoam.* Ein Label, das der geschäftstüchtige und design-mäßig geniale Sohn eines Freundes gegründet hatte. Frisch eingeschenkt, schmeckte das Bier aus den eiskalten Krügen herrlich. Egal ob *Gustl*, wie Bernard den edlen Stoff nannte, oder ein frisch-würziges *Cap d'Ona Triple Blond* aus den Pyrénées-Orientales. 2018 immerhin als bestes Bier weltweit ausgezeichnet.

Zwei Halbe Augustiner Edelstoff später hatten beide ihre Gehirnzellen vor der Austrocknung gerettet, es konnte weiter gearbeitet werden.

»Dann lass uns doch mal nachforschen, was dieser Zippi-Zappi gegen deinen Bürgermeister hat«, schlug Franz vor, was Bernard sichtlich nervte.

»Also, wenn schon, dann korrekt! Der Kerl mit der wilden Frisur heißt Eric, genauer gesagt Eric Tavernier. Er lebt alleine auf einem Hof mitten in den Rebfeldern. Irgendwo zwischen Moussolens und Marcorignan, seitdem sein Vater, bald 90 und dement, in ein nahe gelegenes Altenheim ziehen musste. Jeder kennt ihn, keiner weiß wirklich was über ihn. Groß, muskulös, nicht der Schlaueste, Frank Zappa nicht unähnlich. Zumindest in puncto Bart. Hat etliche Hektar Reben zu versorgen, aber er legt Wert auf Menge, nicht auf Qualität. Liefert seine Trauben immer bei der örtlichen Kooperative ab und erhält dafür ordentlich Geld.

Ansonsten weiß ich nur, dass er jedes Jahr im August mit 40-50 Freunden ein wildes Grillfest auf seinem Hof feiert, das regelmäßig zum Auftauchen der Polizei führt, die die Anwesenheit von Kriminellen und den Missbrauch von Drogen vermutet. Es gibt Leute, die behaupten, er würde an illegalen Pokerspielen teilnehmen, meistens aber verlieren, weil man ihm jeden Bluff sofort ansähe. Und dass man ihn ab und zu mit einem röhrenden, dunkelblauen Porsche durch die Gegend fahren sieht, auf dessen Motorhaube drei farbige Streifen aufgemalt sind.«

Franz schüttelte genervt den Kopf:
»Mann, oh Mann, Zippi-Zappi kidnappt den Bürgermeister. Du glaubst doch hoffentlich nicht, was du da andeutest!«

Auch Bernard hatte jetzt keine Lust mehr, Sherlock Holmes zu spielen. Außerdem gingen ihm Franz' blöde, pausenlose ›Zippi-Zappi‹-Wiederholungen auf die Nerven. Er beendete das verfahrene Gespräch mit einem »ich geh' jetzt schwimmen« und weg war er, während Franz der Porsche nicht mehr aus dem Kopf ging.

Manchmal mussten sie sich einfach aus dem Weg gehen, das war schon immer so gewesen. Eine im Prinzip harmlose Bemerkung war ausreichend, um einen kernigen Streit auszulösen. Meistens war es Bernard, der sich mit einem ›na, dann sag ich halt gar nichts mehr‹ beleidigt zurückzog, manchmal platzte aber auch Franz der Kragen. Und der hatte schon mal vor Wut eine leere Bierflasche über die Hecke oder quer durch den Garten geschmissen.

Sich darüber im Klaren, dass es besser war, jetzt den Mund zu halten, verzogen sich beide wortlos in ihre Schlafgemächer, wo jeglicher Zorn schnell verrauchte und am folgenden Morgen begrüßte man sich, als ob nichts gewesen wäre.

Holmes & Watson

Bernard war früh aufgestanden, hatte seine geliebte, inzwischen 27 Jahre alte Espressomaschine von ECM eingeschaltet und zwei Croissants aufgetaut. Er hatte gerne eine Tüte mit einem halben Dutzend in Reserve und bei 100° und Heißluft waren sie nach zehn Minuten köstlich. Fast wie frisch gekauft. Bis Franz auftauchte, würde es noch etwas dauern und so setzte er sich an seinen Laptop, um ein bisschen zu recherchieren.

Nach einigen Versuchen, etwas über den Bürgermeister Rémy Fournier zu erfahren, stieß er auf die Seite des Rathauses von Marcorignan. Er fand unter anderem einen Projektaufruf der Gemeinde für den Bau von Fotovoltaikanlagen auf dem neuen Sportkomplex, eine Anzeige der Mediathek, es gäbe mittwochs von 15 bis 17 Uhr einen Spiele-Nachmittag, Videos der Feuerwehr zu Bränden in jüngster Vergangenheit und Überschwemmungen der letzten Jahre. Ein Link wies auf Artikel einer regionalen Zeitung zu den Themen der Gemeinde und des Départements hin.

Mit einem doppelten Espresso und einem Glas Wasser fuhr er fort, Suchbegriffe einzutippen. Der nächste Link führte zur Zeitung *l'Independent*, die sich allen möglichen Themen widmete. Er las ohne großes Interesse einen Bericht über ein Rugby-Spiel und surfte anschließend zu Fußball und Segeln bis er bei Golf landete.

Als er noch in Deutschland lebte, hatte er sich ein teures Bezahl-Abonnement geleistet, das es ihm ermöglichte, alle wesentlichen Golfturniere bis hin zum Ryder-Cup am Fernseher zu verfolgen. Doch inzwischen war sein Interesse verflacht, die Hälfte der Namen der ersten zehn der Weltrangliste sagten ihm nichts.

Seine Aufmerksamkeit ließ nach und beinahe hätte er einen älteren Artikel über den Golfplatz *Les Amarats* übersehen, aber das Wort ›Skandal‹, das in diesem Zusammenhang irgendwo aufgeblitzt war, brachte ihn zurück. Ein Winzer hatte es bei einem Interview gebraucht, um seiner Empörung über den Bau eines Golfplatzes – ausgerechnet hier – Luft zu machen.

›Bald wird der Grundwasserspiegel so tief gesunken sein, dass unsere Pumpen kein Wasser für die Rebfelder mehr finden, dann heißt es, neu zu bohren, immer tiefer, um an Wasser zu kommen, irgendwann sind wir dann bei 50 Metern oder mehr. Ich weiß nicht, wie der Kerl es geschafft hat, die Genehmigungen zu bekommen, aber die Typen kennen und schmieren sich ja alle gegenseitig, ein Skandal ist das‹.

Mit ›dem Kerl‹ war eindeutig Bürgermeister Fournier gemeint, Präsident der Golfanlage und, wie Bernard jetzt begriff, wohl auch Initiator, Strippenzieher und Hauptverantwortlicher für die Verwirklichung derselben.

Der Winzer war nur einer von vielen, die ganz und gar nicht mit der Entstehung der Anlage einverstanden gewesen waren. Er hatte zahlreiche Kollegen, die ähnlich argumentierten, zudem gab es mit den Grünen im Rathaus weitere erbitterte Gegner. Überdüngung, der unmäßige Einsatz von Unkrautvernichtungsmitteln, Zerstörung der Fauna, Abholzung mehrerer Hektar Wald, das Entstehen riesiger Flächen, die einem Hochwasser erlauben würden, sich rasend schnell auszubreiten, waren einige Stichworte. Von den immensen Kosten ganz zu schweigen.

»Na, Sherlock, am Recherchieren?«
Bernard fuhr zusammen. Er hatte nicht gehört, dass Franz gekommen war und hinter ihm stand.

»Mein Gott, hast du mich erschreckt!«

»Schon was Spannendes gefunden? Aber ehe du jetzt weit ausholst, ich hätte nichts gegen einen Cappuccino!«

»Aber gerne, Watson. Kommt sofort. Und drüben am Tisch steht ein Teller mit Croissants.«

Franz leckte sich über die Lippen, folgte Bernard in die Küche, nahm salzige Butter und Orangenmarmelade aus dem Kühlschrank und trug alles nach draußen zu einem kleinen Tisch.

Genialerweise verfügte das Haus über eine Nordterrasse, die Bernard anfänglich mit Skepsis registriert hatte, inzwischen aber liebte. Echter Schatten bis mittags. Im Hochsommer. Herrlich. Sogar die Nachbarn, anfänglich mitleidig lächelnd, wenn der Begriff ›Nordterrasse‹ fiel, beneideten ihn inzwischen. Fühlte man sich unter Sonnenschirmen und Markisen bereits am späten Vormittag wie ein Stückchen Butter in der Sonne.

Bernard gesellte sich mit einem weiteren Espresso zu ihm und berichtete, was er gelesen hatte.

»Und was schließen wir daraus«, fragte Franz, Golfplatzgegner gibt es auch in Deutschland jede Menge, aber Jahre nach dem Bau den Präsidenten killen? Entschuldige, entführen.«

Bernard zuckte die Schultern, so richtig klar war er sich auch nicht darüber, ob er etwas entdeckt hatte oder nicht.

Carcassonne

Inzwischen war auch die Polizei nicht untätig gewesen. Nachdem das Schloss der Eingangstüre zum Haus des Bürgermeisters geöffnet worden war, hatten die beiden Beamten der Gendarmerie alles durchsucht, ohne jedoch wesentliche Anhaltspunkte zu finden. Aufgefallen waren ihnen die nachlässig in eine Ecke des Badezimmers geworfenen Golfklamotten, ein zerknülltes Handtuch mit Blutflecken drauf und eine halb volle Flasche Rotwein auf dem Küchentresen.

Im Schlafzimmer standen die Türen des Kleiderschranks offen, aber sonst herrschte Ordnung und Sauberkeit. Die Polizisten fotografierten ausgiebig und inspizierten jede Ecke, konnten aber keinen Hinweis darauf finden, es könnte sich um einen Tatort handeln.

Sie packten das Handtuch in einen speziellen Beutel und nahmen es mit, um die Blutspuren untersuchen zu lassen. In der Garage standen der Wagen des Bürgermeisters, zwei ausrangierte Golf-Trolleys, ein Rasenmäher und weitere wenig interessante Dinge. Die Nachbarn wurden befragt, aber niemand hatte etwas gehört oder gesehen – bis auf einen älteren Herren, der behauptete, er hätte den ›Chef‹ am frühen Abend mit dem Auto nach Hause kommen hören.

Diesen Stand der Ermittlungen teilte Pauline – erlaubt hatte es ihr niemand – Bernard mit, verschwieg aber das blutbefleckte Handtuch und andere Kleinigkeiten. Es wäre aufgefallen, hätten sich Bernard oder sein Besuch verplappert, es wären interne Dinge gewesen, die sie nur von ihr haben konnten. Da war sie lieber vorsichtig.

»Wie sieht es aus, Bernard? Seid ihr heute auch in Carcassonne?«

Pauline hatte vor einiger Zeit mit Bernard über die Monate Juli und August gesprochen, in denen alljährlich viele Konzerte mit französischen Sängerinnen und Sängern stattfanden. Francis Cabrel in Vaison-La-Romaine, Patrick Bruël in Montpellier, Louane in Perpignan und heute Abend Dutronc & Dutronc in Carcassonne.

»Ja, ich freu' mich schon. Ich habe im Dezember zwei Karten ergattert, sehr gute Plätze. Du weißt schon, in einer der acht oder zehn Reihen ganz vorne. Eigentlich wollte ich mit Anette hingehen, aber dann kam dies und das dazwischen und ihre Freundinnen und sie mussten ihr Treffen zweimal verschieben. Jetzt kann sie leider nicht und Franz begleitet mich.«

Sie hatten Franz' Wagen genommen, denn bei 30 Grad, die das Thermometer am frühen Abend immer noch anzeigte, ist auch eine Fahrt im schönsten R4 eine Qual.

Zum allerersten Konzert waren Bernard und Anette schon am Vormittag aufgebrochen, um in der Cité von Carcassonne, wie die Altstadt genannt wird, zu Mittag zu essen. Mit dem *La Marquière* gab es ein ausgezeichnetes Restaurant mit hervorragendem Essen und einer gut bestückten Weinkarte. Man saß in einem kleinen Innenhof unter Kastanien und Sonnensegeln, geschützt von dicken, uralten Steinmauern und genoss das Leben. Bernard lief noch immer das Wasser im Mund zusammen, wenn er an die gebratenen Jakobsmuscheln mit Pastinaken-Püree und Krustentier-Sößchen dachte.

Der Nachteil war, dass man nach dem Essen viele Stunden vertrödeln musste, bis um 21.00 Uhr das Konzert endlich begann. Und wenn man keine Karte mit nummeriertem Sitzplatz bekommen hatte, sollte man sich spätestens gegen 19.00 Uhr in eine der Schlangen vor dem Eingang einreihen, um sich einen einigermaßen vernünftigen Platz zu sichern. Kein Vergnügen in praller Sonne.

Dieses Mal brachen sie erst kurz nach 19.00 Uhr auf, erreichten 50 Minuten später einen der Parkplätze außerhalb der Cité und liefen ganz entspannt in Shorts und Polohemd Richtung Open-Air-Theater. Sie hatten zwei Sandwiches mit Salat und Thunfisch dabei, im Theater würden sie sich dann mit Bier versorgen.

»Hast du noch irgendwas Spannendes entdeckt bei deinen Internet-Recherchen«, wollte Franz wissen?

Aber Bernard schüttelte den Kopf und antwortete wenig interessiert: »Nö, aber jetzt lass uns das Konzert genießen, über Golfplätze und verschwundene Bürgermeister können wir später reden.«

Carcassonne, dessen Festungsanlagen zum Weltkulturerbe der UNESCO zählen, verfügt innerhalb des doppelten Mauerringes über ein Gewirr enger Gassen, die jede Menge Läden mit Kunsthandwerk und Souvenirs, Cafés, Restaurants, Boutiquen und Bars beherbergen. Ein Irrgarten.

Sogar Bernard, der schon öfters hier gewesen war, tat sich ohne Stadtplan schwer. Die Sträßchen verliefen krumm und verwirrend. Bog man nach rechts in eine enge Gasse ein und folgte dieser leicht bergauf und wieder bergab, anschließend links abbiegend oder auch rechts, konnte man nach mehreren Kurven genau dort sein, wo man hin wollte. Möglicherweise aber auch wieder dort landen, wo man gestartet war. Zumindest lernte man jede Ecke kennen, sei es geplant oder unabsichtlich.

Das Konzert war nach mehreren Zugaben zu Ende gegangen, das Theater leerte sich langsam, aber unsere beiden Freunde saßen noch auf ihren Plätzen, um dem Gedränge zu entgehen.

Bernard, ein alter Carcassonne-Hase, wusste, dass jeder Besucher – wenn er denn wollte – auf dem Weg nach draußen ein Eis oder ein

Glas Wein serviert bekam. Gesponsert von den Veranstaltern.

Er wusste, dass die Helfer, fast ausnahmslos Schülerinnen und Studentinnen, ihnen einen schönen Abend wünschen würden. Er wusste, dass Franz wieder ausgiebig die Damen begutachten würde. Und er wusste auch, dass er besser den Umweg außerhalb der inneren Befestigungsmauer nehmen sollte, als quer durch die Altstadt zu laufen. Denn zu vorgerückter Stunde wurden die größeren Bars in Discos verwandelt und er hatte keine Lust auf Franz'sche Anbaggerversuche.

»Weißt du eigentlich, woher der Name Carcassonne kommt«, wollte Franz plötzlich wissen, aber da hatte er sich mit Bernard den Falschen ausgesucht.

»Es gibt dazu eine nette Legende: Als einst eine Madame *Carcas* Burgherrin war, wurde die Festung belagert. Die Belagerung dauerte lange, die Essensvorräte schrumpften zusammen. Als die ersten Menschen verhungerten, beschloss sie, ein Schwein mästen zu lassen, und als es fett war, warf man es von der Mauer dem Gegner vor die Füße. Die Belagerer dachten, es müsse jede Menge weitere Schweine und andere Lebensmittel geben, wenn man so eine fette Sau einfach wegwirft und zogen entmutigt ab.

Als die Belagerung vorbei war, läutete man aus Erleichterung sämtliche Burgglocken und irgendwer soll gesagt haben ›Mme Carcas sonne‹ - Madame Carcas läutet«.

Heiße Spur?

Auf dem Weg zu Carrefour, einem riesigen Supermarkt, wurden sie am Ortsrand von Pauline angehalten. Bernard hatte nicht lange gebraucht, um Franz zu Wolfsbarsch mit Rosmarinkartoffeln und Tomatensalat zu überreden. Überhaupt hatten sie mit Fisch, Steaks, Ente und Garnelen einen verdammt guten Speiseplan für die kommenden Tage.

Sie berichtete, man habe letzte Nacht einen Motorradfahrer kontrolliert. Er hätte nach Bier gerochen und einen aggressiven Eindruck gemacht. Der rechte Rückspiegel sei zerbrochen gewesen, an der rechten Satteltasche fänden sich frische Kratz- und Schleifspuren. Wo er in der Nacht von Sonntag auf Montag war, dem Zeitpunkt, als der Bürgermeister aktuellem Kenntnisstand entsprechend verschwunden ist, konnte er nicht sagen.

Er wohne für ein paar Tage bei Eric, die *flics* sollten ihn gefälligst in Ruhe lassen.

»Aha, Frank Zappa hat also seltsame Mopedfahrer zu Gast«, grunzte Franz, »vielleicht sollten wir den Vogel mal besuchen?«

»Wir sagen brav Guten Tag und fragen, ob er ein Bier für uns hat, oder wie stellst du dir das vor?« Bernard schüttelte den Kopf, »lass' die Polizei das machen, wir kümmern uns jetzt erst mal um die Einkäufe.«

Sie hatten sich Zeit gelassen und zu den Positionen auf dem Einkaufszettel noch die eine oder andere Leckerei hinzugefügt.

Franz hatte weißen Nougat aus Montélimar, unverschämt teure Passionsfrüchte, schottischen Räucherlachs, spanischen Schinken vom Schwarzfußschwein, ein großes Glas Lucques-Oliven, ein Dutzend Austern aus Marennes Oléron und eine Flasche

Champagner drauf gepackt, dann aber auch die Rechnung übernommen.

Da sie endlich so etwas wie eine Spur hatten, stürzten sich die Polizisten mit Eifer auf den Motorradfahrer. Sie liehen sich, sehr zum Verdruss des Besitzers, die Harley aus und ließen einen Kollegen mit der Maschine einige Male die Landstraße entlang fahren. Dabei machten mit den Handys Aufnahmen vom Sound. Anschließend suchten sie sämtliche Nachbarn des Bürgermeisters auf und spielten ihnen die Geräuschkulisse vor. Aber niemand war sich sicher, etwas wiederzuerkennen.

Doch dann war das Glück auf ihrer Seite. Ein Winzer, der mit seinem Kastenwagen vorbeikam, blieb stehen und streckte den Kopf neugierig aus dem Fenster.

Dann brüllte er begeistert: »Ha, eine Harley!«

»Erkennst du das Geräusch?«, man duzte sich hier auf dem Land.

»Natürlich! Eine Harley erkennt doch jeder am Sound, oder?«

»Und genau diesen? Wir suchen jemanden, der exakt diesen Sound wiedererkennt. Dieses extrem tiefe Brabbeln und das Auspuff-Patschen beim Gas wegnehmen?«

Der Winzer zog die Stirn in Falten, überlegte einen Augenblick und dachte laut nach »ich bin mir nicht absolut sicher, aber ich habe in den letzten Tagen zwei, dreimal eine Harley mit so einem Sound gehört. Ihr wisst ja, wo ich wohne, die Verbindungsstraße führt 50 Meter entfernt an meinem Hof vorbei. Mal überlegen, wann das war.«

Die örtlichen Polizeikräfte wussten genau, wo der Winzer namens Didier wohnte. Ziemlich exakt in der Mitte zwischen Moussolens und Saint-Marcel, nicht weit von Eric alias Frank Zappa entfernt. Da der Motorradfahrer behauptet hatte, einige Tage bei Eric zu wohnen, war es nahe liegend, seine Maschine in der näheren Umgebung gehört zu haben.

Fehlte eigentlich nur, dass Didier sich sicher gewesen wäre, ihn sonntagnachts gehört zu haben. War er sich aber nicht. Er grübelte darüber nach, konnte jedoch nicht sagen, ob es Samstag, Montag, Mittwoch oder vielleicht doch Sonntag gewesen war.

Verleihnix und der Fisch

Diesmal war es Franz, der sich um das Essen kümmerte. Franz, zu dessen vielen Hobbys auch das Fliegenfischen gehörte und der sich mit Fischgerichten sehr gut auskannte, hatte sofort die Kontrolle übernommen.

Er forderte einen ›Kochwein‹ und erstaunte Bernard mit einer völlig neuen Art, Fisch zu grillen. Ohne Kochwein konnten sich beide die Küchen-Arbeit nicht vorstellen. Wobei sie die Auffassung vertraten ›ich koche gerne mit Wein, manchmal gieße ich ihn sogar ins Essen‹.

Die Vorbereitungen waren die üblichen. Franz hatte die Fische abgewaschen, sich kurz darüber geärgert, dass sie nicht perfekt ausgenommen waren und mit einem scharfkantigen Löffel die Bauchhöhlen nochmals gesäubert.

Er spülte Bäuche und Kiemen mit kaltem Wasser, trocknete sie gut ab und füllte sie mit Lorbeerblatt, Pfefferkörnern, Zitronenscheibe, etwas Knoblauch und Petersilie. Dann verschloss er sie mithilfe eines Zahnstochers, den er wellenförmig durch die weichen Bauchlappen steckte. Er gab Mehl über die Fische, das er mit einem Löffel durch ein Sieb rührte. Als sie rundum weiß waren, kamen sie in den Kühlschrank.

Bernard hatte aus dem Gemüsegarten eine Handvoll Tomaten der köstlichen Sorte *Noires de Crimée* geholt, gewaschen und in feine Scheiben geschnitten, eine halbe milde Zwiebel aus den Cevennen gehackt und alles in eine Schüssel gefüllt. Später würde er mit Salz, Pfeffer, Olivenöl und etwas frischem Koriander würzen.

Vom Kartoffelvorrat hatte er zehn größere Exemplare abgezweigt und geschält. In einem Topf mit Wasser, Salz und etwas Kümmel garten sie seit ein paar Minuten.

»Ich würde dem glatt 90 Punkte geben«, äußerte sich Franz zum ›Kochwein‹, einem saftigen Weißen aus dem Minervois.

»Da liegst du voll daneben«, grinste Bernard: »91!«

Was ihm ›Witzbold‹ und ein Augenrollen à la Angela einbrachte.

»Passend zum heutigen Thema, eine Frage, mein lieber Franz.«

Bernards Augen blitzten listig »wie heißt der Fischhändler im gallischen Dorf, wie heißt seine Frau, wie heißt sein Vater?«

Eine fiese Frage. Der Vater namens Verliernix hatte nur im Kurzgeschichten-Sammelband ›Asterix plaudert aus der Schule‹ einen Auftritt und war auch Asterix-Viellesern nicht unbedingt geläufig.

»Verleihnix natürlich und seine Alte heißt Jellosubmarine«, kam es wie aus der Pistole geschossen … und nach längerem Schweigen »hat der echt einen Vater, bist du dir da sicher?«

Bernard lachte »stell dir vor, sogar du hast einen!«

Franz zog eine Grimasse »also ehrlich, Château, so eine Scheißfrage, da fallen mir deine Kreuzworträtsel wieder ein, wo du dir Woche für Woche die abgedrehtesten Umschreibungen ausgehirnt hast.
Nine-eleven für Roarrrrivierte? Lösungswort: *Porsche.* Ich hab' mir in den Allerwertesten gebissen, dass ich da nicht drauf gekommen bin. Aber warte nur, ich werde mich mit einer üblen Frage zur Porsche-Baureihe 356 revanchieren.«

Die Kartoffeln waren nach zehn Minuten noch fest genug, um sie halbiert in eine Aluform mit Olivenöl und reichlich Rosmarin zu füllen. Mit dem Fisch sollten sie auf dem Gasgrill Platz finden.

Bernard hatte verschiedene längere Liebes-Beziehungen zu Grillgeräten hinter sich. Auf einfache Holzkohle-Modelle in jüngeren Jahren folgte ein teurer Gasgrill aus der Schweiz und nach dessen Entsorgung ein großer Kugelgrill für Holzkohle.

Die Zubereitung kleinerer Mengen – Gäste hatte sie reichlich, aber die überwiegende Zeit waren Bernard und Anette jedoch alleine – erledigte er jedoch ungern auf dem Holzkohle-Grill. Um zwei Koteletts zu grillen, war ihm der Aufwand zu hoch.

Auch heute entschieden sie sich für das mit Gas betriebene Modell. Bernard verfügte tatsächlich über zwei verschiedene Kugelgrill-Modelle, eine Tatsache, die Nachbar Ralf immer kopfschüttelnd zur Kenntnis nahm, da es ihnen wichtig war, die Temperatur besser regeln zu können.

Franz hatte aus doppelter Alufolie eine Fläche gefaltet, auf der beide Barsche gut Platz fanden. Dann mit einem Zahnstocher viele kleine Löcher in die Folie gestoßen und mehrere dünne Zweige vom Rebholz darauf gelegt. Diese pinselte er mit Olivenöl ein und bestückte sie schließlich mit den Fischen. Ohne direkten Kontakt zum Grillrost oder zur Folie würden sie nicht anhaften, erklärte er dem staunenden Freund.

Bernard musste im Stillen zugeben, dass er auf diesen Trick noch nicht gekommen war.

Grausiger Fund

Der ganze Ort war wie erstarrt. In Grüppchen standen die Einwohner beieinander und diskutierten leise. Vor der Kneipe gegenüber der Bäckerei *Soleil* unterhielt sich Fabien, der Gärtner mit Bäcker Théo und einigen anderen, jeder eine Flasche Bier in Griffweite Eine ältere Dame, die Augen weit aufgerissen, presste sich die Hand auf den Mund.

Weit entfernt war das Grummeln eines Gewitters in den *Montagne Noire*, dem südlichsten Zipfel des französischen Zentralmassivs, zu hören. Blankes Entsetzen spiegelte sich in den Gesichtern wider.

Es hatte sich wie ein Lauffeuer verbreitet. Der Bürgermeister war tot.

Bernard und Franz waren völlig ahnungslos zu einer kleinen Radtour entlang des *Canal de Jonction* aufgebrochen. Dieser verbindet den *Canal de la Robine*, an dem Narbonne liegt, mit dem berühmten *Canal du Midi* und führt wenige Hundert Meter entfernt an Bernards Haus vorbei.

Bernard war gerne mit Anette ins wenige Kilometer entfernte *Sallèles d'Aude* geradelt. Dort gab es an einer Schleuse im *Café de la Paix* ausgezeichneten Cafè crème und göttlichen, knusprigen Apfelkuchen. Aber sie kamen nicht weit. Bernards Handy klingelte und als er sah, dass es sein Nachbar war, stoppte er, um das Gespräch anzunehmen.

»Ralf, was gibt's, bei uns alles in Ordnung?«

»Ja ja, deine Hütte steht noch, aber was sagst du zu dem schrecklichen Verbrechen?«

So erfuhren die beiden von Ralf, dass Rémy, der Bürgermeister tot aufgefunden worden war. Ein Mann, der seinen Vierbeiner ausführte, war auf der Suche nach Brombeeren eine wild wuchernde Hecke entlang geschlendert, als sein Hund plötzlich an der Leine zerrte. Einige Meter weiter war er kaum mehr zu halten und bellte wie verrückt.

Im schwer zugänglichen Brombeer-Dickicht stießen Herr und Hund schließlich auf einen Schuh, der im Gestrüpp zu liegen schien. Bei genauerem Hinsehen wurde dem Brombeersammler allerdings klar, dass der Schuh an einem nackten Fuß von ungesund bläulichgrauer Farbe steckte.

Die alarmierte Polizei zog ohne zu zögern mehrere Kollegen der Kriminalpolizei hinzu. Spezialisten der Spurensicherung suchten fieberhaft ein gesperrtes Areal ab. Ein hagerer Mediziner, dessen Begleiter zahlreiche Fotos machte, untersuchte den Toten. Auf genauere Aussagen zu Todesursache und Zeitpunkt würde man jedoch noch warten müssen.

Sichtlich erschüttert nahm Bernard einen Schluck von seinem Café crème. »Das ist ja brutal.«

»Mmmh« machte Franz, in Gedanken weit weg. »Wie passt das alles nur zusammen?«, dachte er laut nach. »Der arme Kerl verschwindet plötzlich, lässt sein Fahrrad und seine Tasche liegen und wird Tage später, meilenweit entfernt, tot im Gebüsch gefunden.«

»Richtig, Watson! Und wenn ich jetzt ein paar Vermutungen äußern darf, dann würde ich sagen, er wurde entweder angefahren oder angehalten und vom Radl gezerrt. Rad und Tasche hat man in den Graben geworfen, den Bürgermeister abgemurkst.«

»Wenn ihn einer umgefahren hat, warum lässt er ihn nicht einfach liegen? Haut sofort ab, um möglichst wenige Spuren zu hinterlassen? Aber er wurde anscheinend abtransportiert. Damit würde der Moped-Heini ausscheiden, denn er würde ihn wohl kaum transportieren können, oder?«, entgegnete Franz.

»Außerdem. Ihn anhalten und dann gegen seinen Willen mitnehmen, ist auch eine gewagte Theorie. Du wärst kein großer Krimi-Autor geworden!«

Bernard schnaubte, biss in seinen Apfelkuchen und sagte mit vollem Mund: »Dann erklär' mir mal, wie es genau abgelaufen ist, du Schlaumeier!«

Franz wusste auch nicht weiter, konnte sich aber ein »Schluck runter, ab 250 Gramm wirds undeutlich!« nicht verkneifen.

Der Klatscher

Bernards guter Draht zu Pauline verhalf ihnen bald darauf zu neuen Erkenntnissen. Bürgermeister Rémy Fournier war durch stumpfe Gewalt auf den Kopf ums Leben gekommen. Im Brombeergebüsch lag er schon einige Tage, als er gefunden wurde. Genaue Zeitpunkte dürfe sie nicht preisgeben.

Der Motorradfahrer hatte dank Eric, der ihn beherbergte, für jeden erdenklichen Zeitpunkt ein Alibi. Allem Anschein nach waren die beiden unzertrennlich.
Die frischen Beschädigungen an seiner Harley erklärte er mit einem Ausweichmanöver und anschließendem Wegrutschen seiner Maschine, nicht ohne lautstark über die Straßen des Départements zu schimpfen, die beschissensten Schlaglochpisten, die er je gesehen hätte.

Die mit Zelten und Kleintransportern Umherreisenden hatte man ausführlich befragt, es hätten sich aber keine Verdachtsmomente ergeben. Die beiden kurzzeitig Festgenommenen mussten wegen der Geringfügigkeit der Sache vor Ablauf von 48 Stunden wieder auf freien Fuß gesetzt werden. Inzwischen hatten sie ihre klapprigen Autos vollgeladen und wollten einen neuen Standplatz suchen.

Was Rémy betraf, so musste es ein kräftiger Mensch gewesen sein, der ihn ins Gebüsch geschleift hatte. Obwohl schmächtig und nur 75 kg schwer, dürfte es recht anstrengend gewesen sein, ihn gute 50 Meter bis in die Brombeeren zu transportieren.

Zumindest schlossen die Ermittler dies alles aus den gefundenen Spuren, die sich jedoch an einem staubigen Feldweg verloren. Dieser Weg zweigte von einer Nebenstraße ab und führte auf leicht hügeligem Gelände durch dicht stehende Pinien. Er endete ohne Hinweis ganz plötzlich an einer Schranke, die eine Weiterfahrt unmöglich machte. Diese Schranken waren beim Bau des Golfplatzes errichtet worden und ließen an mehreren Stellen nur noch Radfahrer und Spaziergänger das Gelände durchqueren. Zahlreiche Schilder mit Aufschriften wie *Circulation interdit!* und *Attention. Balles de golf volantes!* waren zur Warnung aufgestellt worden.

»Der Klatscher war mal wieder bestens informiert«, lästerte Franz, der mit Bernard am Pool saß.

Den in der Tat zutreffenden Spitznamen hatte er dem Nachbarn verpasst. Ralf und Ehefrau Inge besaßen das mit Abstand größte Grundstück weit und breit und zwei winzige Hunde, die es mit heiserem Bellen verteidigten. Struppi und Oskar waren gerne unterwegs, ob auf der Suche nach vorwitzigen Mäusen oder um den Briefträger anzuknurren.

Wenn Ralf sie aus den Augen verloren hatte, klatschte er mehrfach in die Hände und rief ›Hopp, hopp, hopp‹ oder ›Lecker, lecker, lecker. Struppi, Oskar, kommt! Jetzt aber schnell!‹. Franz wiehert jedes Mal vergnügt und kommentierte die Suche mit einem ›Ha, der Klatscher ist wieder unterwegs!‹

Bernard versuchte, ihn zu bremsen und sagte »brüll' halt nicht jedes Mal so, wenn du ihn rufen hörst! Er muss ja nicht jedes Wort hören!«

Doch Franz konnte ein Fiesling sein, klatschte seinerseits ebenfalls mehrfach laut in die Hände und rief: »Da komm her Bernard, bist ja ein ganz ein Braver, lecker Knochen, lecker, lecker!«

Bernard verdrehte die Augen und nahm mit »ich finde es nett von ihm, dass er mich anruft, um von der Sache mit dem Bürgermeister zu berichten« etwas Fahrt aus dem Gespräch. »Wir sind froh, die beiden als Nachbarn zu haben. Inge macht gute Kuchen und Ralf ist ein Tausendsassa, wenn es um handwerkliche Fragen geht. Außerdem sind sie ebenso leidenschaftliche Hobby-Gärtner wie wir. Kann man von dir ja nicht behaupten.«

»Schon gut, schon gut«, lenkte Franz ein, »ich mein' ja nur. Jedenfalls wissen wir jetzt etwas mehr. Dieser Rémy wurde ins Gebüsch geschafft und lag da zwei Tage oder so. Mit schwerer Kopfverletzung. Wie ist er da hingekommen? War er schon tot oder starb er erst in den Brombeeren? Wer hatte ein Motiv, ihn aus dem Weg zu schaffen?«

Bernard antwortete nicht sofort, sondern dachte nach. Es gab natürlich noch mehr offene Fragen.

»Was sagst du zu meiner Theorie?«, fragte er schließlich, »der Bürgermeister spielt eine Runde Golf, er trifft Leute im Clubhaus. Anschließend isst er eine Kleinigkeit und fährt mit dem Auto weg. Dabei wird er von Eric angepöbelt. Zu Hause steigt er aufs Fahrrad um und radelt zu ……«

»… einer amourösen Verabredung«, warf Franz schlagartig ein. »Er duscht, zieht sich um und nimmt das Fahrrad, weil jeder sein Auto kennt, dann trifft er sich mit seinem Herzblatt.«

»Okeeeee« zog Bernard seine Zustimmung in die Länge, »dann lass' uns mal versuchen, Folgendes herauszubringen: Erstens: Warum wurde er von Eric angepöbelt? Zweitens: Was hat er genau vorgehabt, als er mit dem Fahrrad aufgebrochen ist? Drittens: Gibt es irgendjemand, der von einer Beziehung wusste?«

»Guter Plan, dann mal Hopp, hopp, hopp«, prustete Franz los und machte einen auf Klatscher.

Sie ahnten nicht, dass sie zu zweitens und drittens schon bald Antworten haben würden.

Festival *Eau, Terre et Vin*

Immer Mitte Juli findet in Marcorignan ein zweitägiges Fest statt. Es heißt *Festival Eau, Terre et Vin* und zieht Jahr für Jahr jede Menge Besucher an. Entlang einiger Hundert Meter des *Canal de jonction* liegt Boot an Boot. Einerseits Touristen, die den Kanal mit gemieteten Hausbooten befahren, andererseits Schiffe, die kleine Lokale beherbergen. Solche, die Wein, Gemüse und Gewürze verkaufen und andere, die als Bühnen für Musikgruppen genutzt werden.

Das größte namens *Calypso* wurde von den meisten Besuchern umlagert. Auf dem riesigen Kajütdeck fanden sieben Musiker Platz, zwei Trommler, ein Posaunist, ein Trompeter, ein Banjospieler, ein kleiner Dicker mit Klarinette und ein Tuba-Bläser. Alle waren weiß gekleidet und trugen große Strohhüte. Ihre teilweise jazzigen Lieder, vermischt mit Salsa und Reggae, kamen bei den Zuhörern sichtlich gut an, alle wippten mit den Füßen, einige tanzten sogar.

Am Ufer hatte die Gemeinde Stromkabel von Baum zu Baum gespannt und Mehrfachsteckdosen mit Kabelbindern befestigt. Am Boden waren Flächen mit gelber Farbe voneinander abgegrenzt und nummeriert. Bis auf wenige Ausnahmen waren alle belegt. Die meisten Geschäftsinhaber aus Marcorignan, aber auch Händler von außerhalb hatten eine Fläche für kleines Geld gemietet. Ein Mann mit riesiger Kochmütze bot Crêpes an, Kinder aus dem Ort hatten gebrauchte Lucky Luke-, Tintin- und Asterix-Hefte im Angebot, eine grauhaarige ältere Dame hatte Säckchen mit duftenden, bunten Gewürzpulvern aneinandergereiht.

Sophie und Théo hatten eine ›mobile Bäckerei‹ und jede Menge Süßes im Angebot, die Inhaberin einer Boutique hatte zwei rollende Kleiderständer platziert, auf denen farbenfreudige Blusen und

Kleider im Wind flatterten. Die *pompiers*, wie die Feuerwehrleute hießen, hatten lange Tische und Bänke aufgestellt. Auf mehreren Grillflächen brutzelten *Chorizos*, *Chipolatas* und *Merguez*, beliebte Wurstsorten. Ein sichtlich gut gelaunter Feuerwehrmann mit dicker Nase pfiff die *Marseillaise* und schenkte eiskalten Rotwein aus.

Ein Bauer aus der Umgebung bot Melonen an, ein Händler aus Marseillan, einem kleinen Ort am Bassin de Thau, das für seine langen Austernbänke berühmt war, hatte verschiedene Sorten in großen Körben dabei. Bei neun Euro für ein halbes Dutzend war die Schlange lang, aber alle warteten geduldig, bis sie dran kamen. Der Händler hantierte – ohne hinsehen zu müssen – mit einem kleinen, dolchartigen Messer und benötigte keine drei Minuten, um sechs Stück zu öffnen, auf eine Pappschale mit Eis zu legen und mit Zitrone zu beträufeln.

»He Château, wann kommen eigentlich die Typen, die sich von den Booten hauen?«, fragte Franz.

Bernard und er waren erst am frühen Abend aufgebrochen, um das Festival zu besuchen. Sie waren die drei- oder vierhundert Meter am Kanal entlang gelaufen und standen jetzt unter einer Brücke, von der die Dorfjugend spektakuläre Sprünge ins Wasser vorführte.

»Das Spektakel nennt man hier *joutes nautiques*, ist so eine Art Fischerstechen und beginnt sicher bald. Schau' da vorne kommen die ersten Boote.« In der Tat waren zwei Boote zu sehen, ein blaues und ein rotes. Beide wurden von mehreren Männern in blau- bzw. rot gestreiften Shirts gerudert, beide hatten am Heck eine Art lange Planke montiert, die mehrere Meter übers Wasser ragte. Die Regeln waren kompliziert, deshalb kürzte Bernard seine Erläuterungen stark ab.

»Die Blauen und die Roten rudern aufeinander zu. Hinten auf der Planke stehen die ›Stecher‹, die versuchen müssen, ihr Gegenüber mit einer langen Holzlanze vom Boot zu bugsieren. »Runterhauen ist nicht so ganz das richtige Wort.«

Als Bernard sah, dass ihm Franz überhaupt nicht zugehört hatte, sondern eine junge Dame bewunderte, die Salti und Schrauben springen konnte, wandte er sich kopfschüttelnd ab und machte sich auf den Rückweg. Nach kurzer Zeit hatte ihn Franz wieder eingeholt, schlug ihm herzhaft auf die Schulter und meinte: »Komm Alterchen, ich geb' Würstchen und Rotwein aus.«

Es war langsam dämmrig geworden, die Wettkämpfe auf dem Kanal waren vorbei. Man hatte noch eine örtliche Trommler-Gruppe bewundert, die von einem riesigen Schwarzen mit blau-weiß-roten Streifen im Gesicht dirigiert wurde und ein bisschen den Musikern auf der *Calypso* gelauscht.

Da man unter bunten Glühbirnen an den Tischen der Feuerwehr am gemütlichsten sitzen konnte und der Nachschub an Rotwein gesichert war, hatten die beiden die letzte Stunde hier verbracht. Bernard hatte die Gelegenheit genutzt und jeden, den er von irgendwoher kannte, gefragt, ob er etwas zu dem Streit zwischen Eric und dem Bürgermeister oder dessen Fahrradfahrt am Abend vor seinem Verschwinden sagen könnte. Aber er erhielt nur Kopfschütteln und bedauerndes Schulterzucken.

Als Bernard mit der sechsten und seit mehreren Runden ›definitiv letzten‹ Karaffe zurückkam, hatte sich Pierre vom Presse- und Tabakladen zu Franz gesetzt. Man prostete sich zu und plauderte kurz über das Festival. Pierre zog seine E-Zigarette aus der Tasche und dampfte eine fette Wolke in die Luft.

Bernard begann auch Pierre Fragen zu stellen und staunte nicht schlecht, als dieser sagte: «Zu einem Streit zwischen Eric und Rémy kann ich dir nichts sagen, aber Eric war nicht der Einzige, mit dem der Bürgermeister Stress hatte.«

»Was meinst du damit«, wollte Bernard wissen, der schlagartig hellhörig geworden war.

»Ich war vor einiger Zeit wegen einer neuen Brille bei André. Du weißt schon, bei dem Fettwanst vom Optikerladen. Ich sitze in dem kleinen, dunklen Kabuff, wo man winzige Buchstaben erkennen soll, die auf eine Wand projiziert werden, als die Türklingel läutet.

André meint, er komme gleich wieder und geht um die Ecke. Ich höre, wie er sagt »Rémy? Du? Du kommst doch nicht etwa wegen deiner blöden Scheiß-Brille zu mir? Ja, hast du sie noch alle? Verschwinde! Und wenn ich dich noch ein Mal in der Nähe meiner Frau sehe, schlag ich dir die Nase zu Brei!«

Zaza Club

Bernard und Franz hingen beide ihren Gedanken nach, kamen schlussendlich aber zum selben Ergebnis: Der Bürgermeister hatte was mit der Frau des Optikers gehabt. Das Mosaiksteinchen passte perfekt. Nach dem Golfen zuhause angekommen, steigt er in die Dusche, schenkt sich ein Gläschen Rotwein ein, rasiert sich, zieht sich um. Beim Rasieren schneidet er sich, was die Blutflecken auf dem Handtuch erklären würde.

An dieser Stelle machte sich Bernard im Geiste eine Notiz. Er wollte versuchen, von Pauline zu erfahren, was es mit dem blutigen Handtuch auf sich hatte, das man in Rémys Bad gefunden hatte.

Er nimmt sein Fahrrad, packt seine Habseligkeiten in die Umhängetasche und fährt zu einem Treffen mit einer verheirateten Frau, der Frau des Optikers André Sardou. Über den weiteren Ablauf konnten sie nur spekulieren. Die Tatsache, dass am Morgen darauf Rad und Tasche in einem Graben liegend gefunden worden waren, deutete jedoch darauf hin, dass im Zusammenhang mit dem geplanten Treffen etwas schief gegangen war.

Claire Sardou, eine schlanke Dunkelhaarige, hatte eine Zeit lang im Laden ihres Mannes mitgearbeitet, aber André war pingelig und rechthaberisch. Deshalb hatte sie aufgehört und einen Teilzeit-Job an der Rezeption des Golfclubs angenommen. Außerdem hatte er im Lauf des letzten Jahres ein Faible für Craft Beer aus den Pyrenäen entwickelt und gute 20 kg zugelegt, was ihn nicht unbedingt attraktiver machte.

Ob sie den Mann mit der roten Brille, der mal Bürgermeister von Marcorignan gewesen war, im Golfclub oder im Brillenladen oder wer weiß, wo kennengelernt hatte, spielte keine Rolle. André musste etwas von den heimlichen Treffen mitbekommen haben.

Eine Hand wäscht die andere, dachte sich Bernard und informierte am nächsten Tag Pauline, die sich die Geschichte interessiert anhörte. Sie versprach, die Kollegen ins Bild zu setzen und bestätigte ihm, dass es sich bei dem Blut am Handtuch um Rémys Eigenes gehandelt hätte. Allerdings erst, nachdem er Stein und Bein geschworen hatte, es für sich zu behalten.

»Jetzt lass doch die Profis ihre Pflicht tun« drängelte Franz, blickte zum fünften Mal innerhalb von zwei Minuten auf seine Armbanduhr und sagte: »Du wolltest mir heute das beste Fischlokal weit und breit zeigen. Also komm' jetzt endlich!«

Den Tipp hatte Bernard von Mathieu, seinem Friseur. Bernard hatte - kurz nach dem Umzug nach Frankreich – Thierry, den für die Baumaßnahmen verantwortlichen Bauleiter, gefragt, ob er einen guten Friseur wisse. Dieser hatte ihm Mathieu wärmstens empfohlen.

Alle vier bis fünf Wochen erschien Bernard seitdem im Salon *Planet Hair* in Narbonne und ließ sich von Mathieu die Haare schneiden. Da Bernards Haarpracht spärlich geworden war, hatte Mathieu nicht viel zu tun und so konnte man sich ausgiebig über das gemeinsame Lieblingsthema unterhalten: Restaurants.

Mathieus Tipps waren Gold wert. Bernard hatte durch ihn etliche Lokale kennengelernt, die er von sich aus nie entdeckt hätte. Da gab es ein Restaurant ohne jegliches Hinweisschild: *Le petit lac*. Eine Zufahrt führte auf einen Parkplatz mit privaten Stellplätzen und endete vor einem Metalltor. Mehrere Stufen führten auf eine

Terrasse. Vor dem Tor konnte man aber nicht parken – umdrehen war angesagt. Wenn dann das Auto endlich am Seitenstreifen der Straße abgestellt war, konnte man einen zweiten Versuch starten. Diesmal zu Fuß, um zwei Gebäude herum. Wieder ohne jegliches Hinweis-Schild. Belohnt wurden die findigen Besucher mit gemütlichen, überdachten Sitzplätzen, üppigen Grünpflanzen, ausgezeichnetem Essen und dem Blick auf einen winzigen See, den hier niemand vermutet hätte.

Oder das *D'ici et d'ailleurs*, auf Deutsch etwa ›Von hier und von anderswo‹, ein kleines, schlichtes Lokal, das in der Nebensaison nur freitags und samstags abends geöffnet hat. Von Frankreich und Madagaskar geprägte, allerfeinste Küche zu unschlagbaren Preisen.

Der *Zaza Club*, was Franzosen etwa wie *Sassa Klöbbe* aussprechen, hatte mit einem klassischen Club nichts zu tun. Es handelte sich um ein einfaches Holzhaus direkt am Strand mit großer Terrasse aus alten Planken, fest im Boden verankerten Sonnensegeln, einer Bar, einer halb offenen Küche und einer einzigen Toilette.

»In Deutschland wär' das nicht möglich«, schnaubte Franz, der kurz nachdem sie Platz genommen hatten, das stille Örtchen aufgesucht hatte. »Die pappen doch glatt ein Stück Papier auf die Türe und malen einen Mann, eine Frau und einen Rollstuhl drauf! Eine Toilette für alle, grausig!«

»Du bist hier in einer Holzhütte direkt am Meer. Kannst mit sandigen Füßen Austern schlürfen. Marmor im Klo bekommst du in doofen Hotelkästen, dazu mittelmäßiges, teures Essen. Also beschwer' dich nicht!«

Bernard ließ ein »Gell« folgen, das Franz mit »Pfft« kommentierte.

Eineinhalb Stunden später standen zwei Gläser Blanquette, eine superbe Flasche Weißwein aus dem Roussillon, eine Platte frittierte Sardinen mit würziger Mayonnaise, zwei mal Thunfisch vom Grill mit Ratatouille und zwei Espressi auf der Rechnung, die sie sich brüderlich teilten.

Den Thunfisch mit Ratatouille aß Bernard immer, wenn er hier war. Schon beim allerersten Mal, zusammen mit Anette, war ihm bei diesem Gericht die Luft weggeblieben. Wenn er selbst ein guter Koch war, dann war Claude, Besitzer und Küchenchef des Restaurants ein wahrer Meister. Der Thunfisch wurde in einem Stück von ungefähr fünf Zentimetern Dicke beidseitig höchstens eine Minute auf den extrem heißen Grill geworfen, hatte eine wenige Millimeter messende, knusprige Haut und war im Kern roh.

Claude war ein schweigsamer Mann, der seine Rezepte nicht ausplauderte, aber im Lauf der Zeit hatte Bernard dann ein paar Details herausbekommen. Dass der Fisch in einem Beutel mit Pfeffer, geröstetem Sesam, etwas Sojasauce und Limettensaft mariniert wurde, bevor er auf den Rost kam. Und dass der Grill extrem heiß sein musste. Die Ratatouille war jedes Mal gekonnt abgeschmeckt und enthielt zu Bernards Verwunderung weder Auberginen noch Knoblauch. Dafür große, milde und winzige, mittelscharfe Paprikaschoten, süße Zwiebeln, Tomaten aus Claudes eigenem Anbau und Zucchini.

Das Tüpfelchen auf dem i war die Sauce, die er mit zerstoßenen Anchovis, pürierten schwarzen Oliven, ein paar Kapern, Rosmarin, Thymian und einem Schuss Weißwein so fantastisch hinbekam, dass Bernard jedes Mal seinen Teller mit Baguette auswischte und nichts übrig ließ.

Das Lokal konnte man nur über eine kilometerlange Staubstraße mit üblen Rinnen und Schlaglöchern erreichen. Bernard lachte sich immer ins Fäustchen, wenn er wieder einen Wichtigtuer mit tiefer gelegtem Sportwagen umdrehen sah, der bereits an der ersten Welle seinen Spoiler angeschrammt hatte. Auf diese Klientel legte er gar keinen Wert.

Da das Restaurant an einem herrlichen Sandstrand lag, nahmen sie die Gelegenheit wahr und holten nach dem Essen Handtücher, Bambusmatten, Badeshorts und einen kleinen Sonnenschirm aus dem Auto. Mit einer Flasche Leitungswasser – Bernard juckte immer die Haut, wenn er sich nach dem Baden im Meer nicht abbrausen konnte – und ihrer Ausrüstung legten sie sich in den Sand und schauten aufs Wasser und in den Himmel. Sie verbrachten zwei Stunden mit Baden, im Schatten liegen – also zumindest für die Köpfe und etwas Oberkörper reichte das Schirmchen – und Asterix-Fragen.

»Du weißt doch sicher, welches Asterix-Abenteuer hauptsächlich am Strand spielt«, wollte Franz wissen und bekam postwendend ›Normannen‹ zu hören.

»Richtig, dann überleg mal gut: Welche Krankheit gilt bei den Normannen als unheilbar? Und während du dir den Kopf zerbrichst, dreh' ich eine Runde am Strand.«

Bernard ahnte, was der wilde Franz in Wirklichkeit vorhatte, schloss sich doch ein Nudistenstrand direkt an den an, den sie besuchten. Die eine oder andere braun gebrannte Schönheit gäbe es sicher zu bewundern.

Er überlegte einige Minuten, bis er das Heft wieder vor Augen hatte. Klar. Es war der Schluckauf. Angeblich hilft Erschrecken gegen Schluckauf. Da die Normannen als das furchtloseste aller Völker jedoch vor nichts Angst hatten und dementsprechend nicht erschrecken konnten, galt der Schluckauf als unheilbar. Zufrieden schloss er die Augen und genoss den Augenblick. Nicht lange allerdings, denn plötzlich stand Franz neben ihm und forderte ihn vehement auf, augenblicklich nach Hause zu fahren.

»Hast du auf einmal Angst vor nackten Damen?«, doch Franz schüttelte nur den Kopf und stammelte: »Ich wollte in die nächste Bucht gehen und eine Abkürzung durch das Schilfdickicht da hinten nehmen, das sie von unserer abschirmt, als unvermittelt ein Kerl mit Ohrringen und winziger, rosaroter Badehose neben mir auftaucht.

Verstanden hab' ich nicht, was er gesagt hat, aber ich kann mir vorstellen, was er von mir wollte. Und als dann auch noch so ein tätowiertes Muskelpaket mit riesiger Beule in der Hose aufgetaucht ist, wurde es mir zu viel.«

Bernards Lachen musste locker im 200 Meter entfernten Lokal zu hören gewesen sein.

In Luft aufgelöst

Die beiden Freunde waren frustriert. Ihre erstklassige Theorie war wie ein Kartenhaus in sich zusammen gefallen. Der eifersüchtige Optiker war am bewussten Tag schon am Nachmittag mit Freunden zu einem langen Wochenende nach Barcelona aufgebrochen, um das dort stattfindende Formel-1-Rennen zu erleben. Mit dem Verschwinden des Bürgermeisters konnte er definitiv nichts zu tun haben.

Sie saßen im Garten, einen Teller Feigen, gerade eben gepflückte Brombeeren und Renekloden vor der Nase und aßen schweigend.

»Ich glaub', wir müssen ganz von vorne anfangen«, sagte Bernard und warf einen Kern ins Gebüsch. »Der Optiker scheidet definitiv als Bösewicht aus.«

»Was du nicht sagst«, fluchte Franz, »das ist echt zum Kotzen, alles hätte so gut gepasst«.

»Wollen wir heute Abend mal kürzertreten und hauptsächlich Käse, Baguette und Wein zu uns nehmen?«, warf Bernard ein. »Es soll sich stärker bewölken und im Laufe des Abends regnen, vielleicht kommt sogar ein Gewitter auf. Mit Grillen wirds also nichts.«

»Absolut in Ordnung«, kam von Franz. »Ich habe noch eine Flasche Wein dabei, die du nie im Leben errätst.«

»Wo? Hier?« Fragte Bernard verblüfft.

»Ja, mein Lieber, die habe ich mitgebracht, heimlich in deinem Keller deponiert und heute wird sie geköpft. Und während du dir den Kopf zerbrichst, was für ein unfassbar edler Tropfen das sein könnte, gehen wir die Sache nochmals durch.«

Im riesigen Wohnzimmer drehte sich *Aftermath* von The Rolling Stones in der Mono-Version auf Bernards High-End-Plattenspieler.

Bernard hatte vor vielen Jahren angefangen, Vinyl von den Stones zu sammeln und war stolz darauf, alle jemals bei DECCA erschienenen LPs sowohl in Mono als auch in Stereo zu besitzen. Abgesehen von der sehr raren ›have you seen your mother LIVE!‹ und der nur für Werbezwecke veröffentlichten ›The Rolling Stones‹, von der, glaubhaften Quellen zufolge, nur zwischen 200 und 300 Exemplare gepresst worden waren.

Kam mal eine Scheibe auf den Markt, was inzwischen vielleicht alle zwei bis drei Jahre passierte, lag der Preis irgendwo bei vier- bis fünftausend Euro. Das war ihm dann doch zu kernig.

Auf dem Esstisch stand eine Platte mit Käse und Weintrauben, auf einem Schneidbrett lag ein im Backofen knusprig aufgebackenes Baguette von einem dreiviertel Meter Länge. Zwei große, zarte, langstielige Weingläser, die sich Bernard für ein Schweinegeld aus Österreich hatte schicken lassen, warteten darauf, befüllt zu werden.

Franz kam aus der Küche, eine bis zur Unkenntlichkeit in Alufolie eingewickelte Flasche in der Hand, die auch noch in einer Papphülle steckte. Anscheinend hatte er Angst, die Flaschenform würde schon zu viele Hinweise geben.

»Jetzt bin ich aber gespannt«, eröffnete er das Fragespiel, goss vorsichtig einen Schluck Wein in sein Glas und drehte es hin und her, um die Innenseiten zu benetzen. Anschließend füllte er den Inhalt in Bernards Glas, schwenkte auch dieses und gab ihn schließlich zurück in sein eigenes, um ausgiebig daran zu schnuppern. Er leerte den halben Schluck in eine leere Kaffeetasse, goss von Neuem ein und roch daran.

»Ahhhh, was für eine Granate!« Hörte Bernard ihn schwärmen und hielt ihm sein Glas unter die Nase.

»Schenk ein, *buticularius*!«, was sich der wilde Franz nicht zweimal sagen ließ. So hingen sie gedankenverloren in den Stühlen, schwenkten die Gläser, versuchten die verschiedenen Aromen einzuordnen und überlegten.

»Okay«, fing Bernard an, »ich beginne mit ein paar vorsichtigen Fragen: Dieser Wein kommt nicht aus Südamerika!«
»Richtig.«

»Er kommt auch nicht aus Asien.«

»Geh, jetzt mach dich nicht lächerlich!«, entgegnete Franz. »Und stell' mal richtige Fragen!«

Sogenannte Nein-Fragen waren verpönt, da man als Antwort für gewöhnlich ein ›Ja‹ bekam und die unausgesprochenen Regeln besagten, dass nach drei ›Nein-Antworten‹ Schluss war und der Ratende verloren hatte. Eine noch so blöde Frage, wie ›der Wein kommt nicht aus China‹ führte logischerweise fast immer zu einem ›Ja‹ als Antwort und man konnte gefahrlos weiter machen. Bernard beschloss, etwas zu riskieren und behauptete:

»Er kommt aus Europa!«

Franz runzelte die Stirn: »Richtig.«

»Er kommt nicht von der iberischen Halbinsel – schon gut, ich formuliere es anders, er kommt aus Italien!«

»Erstes Nein!«, Franz kicherte vor Vergnügen. »Da hast du ja schön daneben gelangt.«

Bernard überlegte. Der Wein war außergewöhnlich beeindruckend, von granatroter, klarer Farbe, hatte Aromen von getrockneten Feigen und Oliven und wies sanfte, ätherische Noten auf, die an Pinien erinnerten. Er war komplex mit transparenter roter Frucht, hatte spürbare, aber weiche Tannine und blieb endlos lang am Gaumen haften. Ganz großes Kino, wie Franz sagen würde.
Eigentlich typisch für einen hervorragenden, gereiften Tropfen aus der Gegend um Bolgheri in der Toskana, wo viele Pinien wuchsen. Aber da Italien ausgeschieden war, Europa aber stimmte, blieben für ihn nur Spanien, Frankreich und eventuell Portugal übrig. Die portugiesischen Weine dieser Klasse passten seiner Meinung nach nicht, aber Frankreich und Spanien …?

Bernard versuchte sein Glück und tippte auf Frankreich, was naheliegend war.

»Hui, gut geraten, Monsieur Château!« Franz war eine kurze Irritation anzusehen, er hatte sich das Spielchen fraglos schwieriger vorgestellt.
»Aber jetzt ein paar Details, bitte!«

In Bernards Gehirn-Datenbank brummte es. Die helle Farbe ließ auf einen gereiften Wein schließen. 15 Jahre könnte er schon haben. Die Kräuter-Bonbon-Noten, der Hauch Pinienwald, die distinguierte Art mit verhaltenen Gerbstoffen, die wirklich überragende Qualität ... »ich denke mal, es ist ein Wein von der südlichen Rhône.«

Franz schaffte es nicht, das Herunterklappen der Kinnlade völlig zu unterdrücken und brachte nur ein kratzendes ›Ja‹ heraus. Bernard lachte innerlich laut auf. Da war er schneller als gedacht nahe ans Ziel gekommen. Die Fragen waren jetzt noch: Sortenrein – ja oder nein? Welche Rebsorte oder Rebsorten und vor allem, welcher Erzeuger? Weine der südlichen Rhône in dieser außergewöhnlichen Güteklasse wie im Weinglas vor ihm, gab es nicht allzu viele.

»Ein Blend verschiedener Rebsorten«, versuchte er es weiter, sah aber sofort an Franz' schiefem Grinsen, dass er damit daneben getippt hatte.

»Zweites Nein, mein Herr!« Franz' Augen blitzten siegessicher.

»Dann ist es ein 100%iger Grenache«, konterte Bernard und bekam ein Nicken als Bestätigung.

Ein grandioser Wein von der südlichen Rhône, ein sortenreiner Grenache, überlegte Bernard. Konnte eigentlich nur ein Gigondas sein. Einer der bekanntesten Erzeuger war die Familie Perrin, auf die er nach längerem Überlegen tippte. Franz blieb erstaunlich fair und schüttelte nur den Kopf.

»Wenn ich dir sage, dass ich diese Flasche vor knapp 10 Jahren bei Steinfels für 600 Euro ersteigert habe, was fällt dir dann dazu ein?«

Angesichts des Preises wurde Bernard kurz schwindlig. Den nächsten winzigen Schluck nahm er sehr aufmerksam und konzentrierte sich auf alle Geruchs- und Geschmacksnuancen. Aber er wusste nicht weiter.

»Ich geb' auf, aber mal ganz ehrlich, so ein geiles Zeug hab' ich noch nicht oft im Glas gehabt.«

»Wahrscheinlich noch nie«, lachte Franz, goss die Gläser fast halb voll und zog Hülle und Alufolie von der Flasche.

»2009 Château Rayas, Chateauneuf-du-Pape Reserve, 98 Parker Punkte, aktueller Preis bei *FinestWine* 1.720,00 Euro.«

»Du bist wirklich ein wilder Hund«, war alles, was Bernard herausbrachte.

Anette und das Gewitter

Das Telefon klingelte und Bernard schaffte es gerade noch, sich den Hörer zu schnappen und ein heiseres ›Bonjour‹ zu sagen, als er die Stimme von Anette, seinem Schatzifrosch, wie er sie gerne nannte, erkannte.

»Bonjour chérie, wie gehts, wie stehts?«, fragte sie ihn und hängte sofort die Frage an: »Ist der wilde Franz noch da?«

Anette hatte Franz nie wirklich leiden können. Sie fand ihn blasiert und manchmal war er ihr richtig unsympathisch. Seine diversen Liebschaften. Die Tatsache, dass er es nicht einmal für nötig hielt, sie zu vertuschen. Sein idiotisch langer und viel zu schmaler Swimmingpool. Sein protziges Gehabe, seine blöden Autos. Der ganze Kerl war nicht ihr Fall.

»Ja, er bleibt sicher noch einige Tage. Wieso?«

»Weil ich dann meinen Rückflug umbuche. Und anschließend an Sylt ein paar Tage länger bei Barbara in München bleibe. Wir hatten in den letzten Tagen viel Kontakt per WhatsApp und sie würde sich freuen, wenn wir mehr Zeit zusammen verbringen könnten. Ihr Michael ist fast zwei Wochen auf einer Baustelle irgendwo bei Köln. Zu Hause fällt ihr die Decke auf den Kopf«.

»Wenn du meinst«, erwiderte Bernard, der nicht wusste, ob er die Idee, dass sein Schatzifrosch damit fast drei Wochen weg war, so gut fand. »Dann schreib' ich dir, wenn klar ist, wann Franz nach Hause fährt«.

Es war nicht so, dass sich Anette und Franz jedes Mal in die Haare bekommen hätten, wenn sie sich trafen, aber entspannt konnte man die Atmosphäre auch nicht nennen. Deshalb war es Bernard eigentlich ganz recht, dass sie ihren Trip verlängern wollte. Alleine mit seinem Kumpel fühlte er sich wohler als zu dritt.

Eine Franz'sche Bemerkung, in der ›Hase‹, ›Torte‹, ›Mäuschen‹, ›Schnepfe‹ oder ›schwacher Vierer‹ fiel, Begriffe, die er gerne für Vertreterinnen des weiblichen Geschlechts benutzte, führte schlagartig zu einem bitterbösen Kommentar von Anette. Darauf legte er überhaupt keinen Wert.

»Du hast sicher noch nichts über die Sache mit Rémy gehört, oder?«

Bernard hatte sich dazu entschlossen, Anette von dem Verbrechen zu berichten und auch, dass Franz und er gleichermaßen erschüttert wie fasziniert waren und mehr darüber herausfinden wollten. Er fasste die Vorkommnisse kurz zusammen und erzählte von den Hinweisen, die sie von Pauline erhalten hatten. Vom Festival und von der Geschichte, die Pierre zum Besten gegeben hatte sowie von ihren Überlegungen, wie sich das alles zusammenfügen könnte.

Er berichtete ihr von den Auseinandersetzungen, die der verstorbene Bürgermeister mit Eric, dem Winzer und André, dem Optiker hatte. Gerade als er weit ausholen wollte, um den geheimnisvollen Motorradfahrer zu erwähnen, unterbrach ihn Anette.

»Dass er Claire hinterher gestiegen ist, wussten doch alle.«

»Aha« war alles, was Bernard sagen konnte. Wieder mal eine Geschichte, die den Damen des Ortes anscheinend bestens bekannt, an ihm aber vorbeigegangen war.

»Freu dich nicht zu früh!«, bremste sie Bernard. »André scheidet als Bösewicht aus. Er war zum fraglichen Zeitpunkt mit Freunden in Barcelona beim Formel-1-Rennen.«

Das anschließende Schweigen in der Leitung ließ ihn vermuten, dass seine Liebste nachdachte, aber als es ihm zu lange dauerte, fragte er »bist du noch da?«

»Wo soll ich denn sonst sein«, gab Anette zurück, »hab' nur nachgedacht. Du hast wahrscheinlich schon wieder vergessen, dass sich Rémy wegen der Sache mit dem Golfplatz ganz schön unbeliebt gemacht hat? Also zumindest bei einigen. Da würde ich mal ansetzen.«

»Wenn du meinst«, Bernard hatte großen Respekt vor den meistens zutreffenden Schlussfolgerungen seiner Frau, irgendwie hatte sie manchmal den siebten Sinn. Wenn er ihre Formulierungen auch ab und zu als etwas scharf – nein, scharf war nicht das richtige Wort – unnötig direkt empfand. Sie tauschten noch ein paar liebevolle Gedanken aus, dann beendeten sie das Gespräch.

Inzwischen hatte es sich stärker bewölkt, eine frische Brise war aufgekommen. An den Wind hatte sich Bernard erst gewöhnen müssen. Im Moment, als Vorbote eines Gewitters war er nicht ungewöhnlich, aber es gab auch Zeiten, da blies der aus Westen oder Nordwesten kommende Fallwind *Tramontane* tagelang mit Geschwindigkeiten von bis zu 50 km/h. Dattelpalmen rauschten, Fensterläden knarrten, die zarten Blätter der Bananenpalmen wurden zerfetzt.
Es hörte sich an, als würde draußen irgendein Verrückter pausenlos

staubsaugen. Bernard hatte das Sausen und Brausen öfters dermaßen genervt, dass er manchmal sogar bei hochsommerlichen Temperaturen nachts das Fenster schloss, um besser schlafen zu können. Schwitzattacken hin oder her.

Franz hatte vom Käse fast nichts übrig gelassen und auch in der Weinflasche war nur noch wenig vom edlen Inhalt. Er hatte die Rolling Stones vom Plattenteller genommen und durch eine LP des leider bereits verstorbenen französischen Chansonniers *Jean Ferrat* ersetzt.

Ferrat, der jüngste Sohn einer jüdischen Familie, die vor dem dort erstarkenden Antisemitismus 1906 aus Russland emigriert war, überlebte nur dank der Unterstützung zahlreicher kommunistischer Widerstandskämpfer, nachdem sein Vater in Auschwitz ermordet worden war. Er war nie Mitglied einer linksorientierten Partei Frankreichs, entwickelte sich aber zu einem engagierten Sänger politischer Lieder.

Bernard hatte auf seinem Handy die Wettervorhersage geöffnet und war an einem Beitrag hängen geblieben, wie Europa die Energie deckelt und subventioniert, als es wie aus Eimern zu schütten begann.
Er rief noch: »Ich stöpsel die Geräte aus« und schon war er unterwegs, um den Router auszuschalten und das Kabel von der Telefonsteckdose zu trennen.

»Übertreibst du jetzt nicht ein bisschen?«, kam es von Franz, doch Bernard erwiderte nur: »Ganz und gar nicht! *Orange*, unser Telefonanbieter hat schon vor 20 Minuten eine Mitteilung geschickt, man solle seine Geräte ausschalten. Ich bin letztes Jahr zweimal mit einem gegrillten Gerät nach Narbonne in den *Orange-*

Shop gefahren, um nach einer Stunde Wartezeit endlich ein Ersatzgerät zu bekommen. Seitdem bin ich lieber vorsichtig.«

Sagte es und wurde wenige Minuten später durch einen gleißend hellen Blitz mit unmittelbar folgendem Donner bestätigt. Diese plötzlichen, starken Regenfälle waren nicht ungewöhnlich für die Gegend, trotzdem machten sie Bernard immer wieder Angst. Und in Kombination mit Gewittern waren sie besonders unangenehm.

Mehrfach war in den letzten Monaten der Strom ausgefallen und erst nach Stunden wieder gekommen. Bernard beobachtete immer sorgenvoll die Vorhersagen von *Yr.no*, seiner Lieblings-Wetter-App.

Bei Gewitterwarnung plus vorhergesagten Niederschlägen von 50 mm/Stunde schrillten die Alarmglocken, denn das Anwesen hatte einen Schwachpunkt. Beim Bau des Swimmingpools hatten die Handwerker Strom- und Wasserleitungen vom Keller quer durch den Garten zum neu gegrabenen Schwimmbad geführt. Den unterirdischen Durchbruch durch die Kellerwand hatte man jedoch nachlässig abgedichtet. In der Folge trat nach mehreren Stunden starker Regenfälle immer etwas Wasser ein, das irgendwie durch die Wand kam.

Zusammen mit Nachbar Ralf hatte er einen Pumpenschacht gegraben und in der gefährdeten Keller-Ecke eine Pumpe versenkt. Eintretendes Wasser wurde durch einen dicken Schlauch nach oben und durch einen alten Lüftungsschacht wieder nach draußen befördert.
Eine ziemlich gute Lösung – solange Strom da war und die Pumpe lief. Sollte es aber mal heftig und länger regnen und dazu die Elektrizität ausfallen …

Franz holte ihn aus seinen Gedanken: »Wie wäre es, wenn wir morgen zu *Tarbouriech* fahren und uns mittags so richtig was gönnen? Ich lade dich ein.«

Bernard nickte zustimmend und verbiss sich die Bemerkung, dass man den Namen wie ›Tarburjeck‹ aussprach und nicht wie Franz, bei dem es eher nach ›Darrburrietsch‹ klang.

Der fuchsteufelswilde Franz

Tarbouriech, das war der Name einer Familie, die am Bassin de Thau Bedeutung erlangt hatte. Großvater Pierre hatte vor vielen Jahren beschlossen, die Arbeit als Winzer an den Nagel zu hängen und Austern- und Muschelzüchter zu werden.

Aber erst die geniale Idee seines Sohnes Florent, den Muscheln eine Art Intervallfasten zu verpassen, hatte zu dieser unglaublichen Qualität geführt, die den Gästen seit einiger Zeit angeboten werden konnte. Feinkostgeschäfte rissen sich weltweit um die Produkte und Franz, der die Austern in einem Fischrestaurant am Münchner Viktualienmarkt entdeckt hatte, wollte unbedingt das Lokal kennenlernen.

Die Idee war, mithilfe von Solarenergie und Windkraft die Meeresmuscheln für einige Stunden aus dem Meer zu heben, wo sie sich verschlossen, um gegen Wind und Sonne geschützt zu sein. Das Fasten bewirkte ein festeres, geschmacksintensiveres Fleisch – wenn man den Kommentaren erfahrener Austernschlürfer glauben durfte, schmeckten sie nussig und salzig-süß.

Von der Domaine bis ans Meer hinter Marseillan, wo das *Tarbouriech St Barth* genannte Restaurant lag, dauerte es eine gute Stunde. Bernard hatte angerufen und für 13.30 Uhr einen Platz ganz vorne an einer Art Tresen direkt am Wasser reserviert.

Für den Rückweg hatten sie sich vorgenommen, in Marseillan einen Stopp einzulegen, um die Produktionsstätte des berühmten Vermouths *Noilly Prat* zu besuchen.

»Bist du so weit?«, kam es aus dem Bad, wo sich Franz gerade Gel in die Haare schmierte.

»Längst fertig«, gab Bernard zurück, »jetzt komm, du hast dich schon genug aufgebrezelt!«

Sie schlossen ab, stiegen in Franz' Auto und machten sich auf den Weg. Eine Fahrt von einer Stunde auf der Autobahn, auf der man maximal 130 km/h fahren darf, ist hervorragend dazu geeignet, sich mit Asterix-Fragen die Zeit zu vertreiben. Und wenn man dann auch noch zum Thema Austern passende Gemeinheiten parat hat, umso besser.

»Wer sagt in welchem Heft: Wer mehr als ein Dutzend Austern essen kann, gewinnt ein *Singularis Porcus*«, war die erste Frage von Franz, die augenblicklich von Bernard mit »Obelix, im Heft Gladiator« beantwortet wurde.

»Ha, jetzt ich: eine Amphore weißen Burdigala und Austern, bitte. Zum Mitnehmen.«

Weiter kam er gar nicht, schon sagte Franz: »Danke, echt einfach! Nachdem ich es kürzlich nicht wusste: Es ist natürlich im Heft Tour de France und es sind die allerletzten Spezialitäten, die die beiden in Bordeaux einkaufen.«

So verging die Stunde wie im Flug und kurz vor halb zwei parkte Franz sein Auto ziemlich verwegen und schief an einem Graben vor dem Lokal. Sie traten ein und steuerten einen kleinen Tresen an, wo die Reservierungen überprüft wurden.

Hier würde man vor dem Verlassen des Restaurants auch bezahlen. Rechnungen wurden in Frankreich seit COVID-19 nicht mehr an den Tisch gebracht, man stand auf und beglich die Rechnung beim Fortgehen. Wenn möglich kontaktlos.

Eine Mitarbeiterin in Shorts und schicker, schwarzer Schürze bat sie, ihr zu folgen und geleitete sie durch einen langen, zum Meer hin offenen Raum: In in einem halben Dutzend Becken lagen Austern unterschiedlicher Größe im sprudelnden Wasser und warteten darauf, geöffnet zu werden und auf großen Platten voller Eis zu landen.

Franz hatte, Bernard hätte es vorhersagen können, keinen Blick übrig für die matt schimmernden Muscheln, dermaßen gebannt bewunderte er die wohlgeformte Figur der jungen Frau, die vor ihm anmutig zu einem Tresen direkt am Meer schritt.

»Sagenhaft« freute sich Franz, was Bernard mit einem »was denn?« »Der Blick auf den *étang* oder der auf den Hintern?« kommentierte.

Sie hatten einen fantastischen Blick auf das dunkelblaue Wasser und die, weiter draußen liegenden, Austernbänke und freuten sich auf das Mittagessen.

Ab und zu kam eines der langen, flachen Boote zurück und lud einige Wannen voller Austern ab, die zum Teil in wartende Frischdienst-Kleintransporter mit laufendem Kühlaggregat verladen wurden. Einer davon wird möglicherweise bald in Richtung München starten und seine begehrte Ware bei *Dionysos* am Viktualienmarkt oder wie das Lokal gleich wieder hieß abladen, dachte sich Bernard.

Obwohl die speziellen Tarbouriech-Austern doppelt so teuer waren wie die aus Bouzigues, hatten sie ein halbes Dutzend pro Person geordert. Dazu für jeden sechs knackig frische, große Garnelen. Die ganze Herrlichkeit wurde auf einer runden Platte von locker 40 cm

Durchmesser serviert, auf der reichlich zerstoßenes Eis für gute Kühlung sorgte.

Dazu gab es hausgemachte Aioli, ein paar Stückchen salzige Butter und frisches Baguette. Bernard hatte seinen Lieblingswein bestellt, einen *Picpoul de Pinet* vom *Château Saint Martin de la Garrigue*, der eiskalt an den Tisch gebracht wurde.

Zur Abrundung ließen sie eine Portion *Brasucade* nach Art von Sabine Tarbouriech folgen. Von der Chefin des Hauses in einer riesigen Pfanne zubereitete Miesmuscheln, die sie sich teilten. Franz war hin und weg, als er bewundernd sagte: »So gute Muscheln habe ich noch nie gegessen!«

»Das liegt an diversen Gewürzen und überhaupt an der Art, wie sie sie zubereitet. Brauchst aber gar nicht nach dem Rezept fragen. Das ist geheim und wird nicht verraten. Das Einzige, das ich bisher herausgebracht habe, ist, dass unter anderem etwas würziger Senf in der Sauce ist«.

Auf dem Rückweg hatten sie wie geplant in Marseillan Halt gemacht, waren am Hafen entlang geschlendert und hatten die Produktionsstätten und das Fasslager von *Noilly Prat* besucht.

Bernard liebte diesen Wermut, mit dessen extra trockener Variante er gerne Spargel-Risotto, Tagliatelle mit Lachs oder geschmortes Hühnchen mit Thymian aromatisierte. Auch Franz war bei einer kleinen Wermut-Probe sehr angetan von den Produkten und erwarb einige Flaschen. Dazu eine schicke, dunkelgrüne Schürze, die er seiner Wochenend-Beziehung Jessica mitbringen wollte.

»Jetzt pass' mal gut auf, dann kannst du bei deiner Liebsten demnächst mächtig Eindruck schinden«, meinte Bernard. Er zog eine Broschüre aus der Tasche, die er beim Bezahlen eingesteckt hatte. »Ich les' dir mal was vor«:

›*Der Ort Marseillan, zwischen Agde und Sète am Étang de Thau gelegen, beherbergt seit über 150 Jahren den Hersteller des allerersten trockenen, französischen Vermouths, die Firma Noilly Prat (das »t« am Ende wird mitgesprochen). Während Signore Carpano den allerersten süßen Vermouth Italiens kreierte, gilt Monsieur Noilly (Sohn Louis und Schwiegersohn Claude Prat sind die Firmengründer) als derjenige, der den ersten französischen Vermouth entwickelt hat. Die Rezeptur des Vermouths ist bis heute geheim, was man jedoch weiß: Clairette und Picpoul de Pinet werden als weiße Grundweine vinifiziert und reifen etwa 12 Monate in Holzfässern, der süße, nur teilvergorene Most »Mistelle« liegt derweil in riesigen Fässern aus kanadischer Eiche im Keller. Die ganz besondere Reife und Oxidation der Grundweine wird dadurch erreicht, dass man sie im Innenhof unter freiem Himmel lagert. Dadurch sind die Fässer Wind, Sonne und Regen ausgesetzt, was die früheren Bedingungen einer langen Transportreise auf Segelschiffen simulieren soll. Zusätzlich werden sie täglich mehrmals bewässert.*‹

Franz hatte aufmerksam zugehört, dabei aber allem Anschein nach eine falsche Ausfahrt bei einem der letzten Kreisverkehre genommen. Jetzt hielt er auf einem staubigen Kies-Streifen und fummelte am Navi herum.

»Dreh' doch einfach um«, fordert ihn Bernard auf, aber Franz hatte schon eine geniale Abkürzung entdeckt.

»Da schau, musst nur ›kürzeste Strecke‹ eingeben und schon führt dich das geniale Ding nach Hause«.

Er folgte dem einspurigen Weg, der vor Jahrzehnten mal asphaltiert worden war.

»Ich würde lieber umdrehen«, meinte Bernard, aber Franz antwortete nur: »Jetzt mach dir halt nicht ins Hemd, du Angsthase«.

Für die vielen Kurven und Engstellen fuhr er schnell, obwohl die Sicht durch hohe Rebzeilen links und rechts eingeschränkt war. An den Rändern des Weges war der Asphalt aufgerissen, ab und zu nötigte ihn ein übles Schlagloch zu einem Ausweichmanöver.

Alle Sträßchen, die durch die Rebfelder führten, waren in bemitleidenswertem Zustand. Beim Pflügen, Schneiden, Spritzen mit *Bordelaiser Brühe* und anderen Mischungen gegen echten und falschen Mehltau und der Erledigung sonstiger Arbeiten fuhren die Winzer in Schlangenlinien hin und her durch die Rebzeilen und wendeten auf den Wegen in scharfen Kurven, was dem Belag zusetzte. Aber sowohl Weinbauern als auch Traktorreifen war die Qualität des Untergrundes egal.

»Das bisschen Gelände schaffe ich mit Allrad locker. Dass du da mit deiner Klapperkiste kein Land siehst …«.

Weiter kam er nicht, denn die einspurige Piste machte urplötzlich eine scharfe Kurve nach rechts und Franz konnte dank Vollbremsung und wilden Herumreißens des Lenkrades gerade noch verhindern, in den Rebstöcken zu landen. Dabei war er allerdings mit dem linken Vorderrad leicht vom rissigen Asphalt abgekommen und in scharfkantiges Loch gefahren. Die Folgen sollten nicht lange auf sich warten lassen.

Ein paar Hundert Meter weiter begann ein Lämpchen zu blinken und Franz brachte nur ein »Scheiße, verdammte!« heraus.

»Was ist los?«, wollte Bernard wissen und erschrak, als Franz mit den Fäusten aufs Lenkrad hieb, gefolgt von einem »das darf ja wohl nicht wahr sein, ich hab' vorne links nur noch 1,5 bar Druck im Reifen. Das fehlt mir gerade noch, eine Reifenpanne hier in der Pampa. Herrgottsakrament, aber auch!«

Er stellte den Wagen so vorsichtig wie möglich ab, neben dem Weg hatte er ein platt gewalztes Stück Erdboden entdeckt, stieg aus und betrachtete den Reifen. Man sah es sofort. An der Flanke war ein handtellergroßes Stück Gummi halb abgerissen, darunter konnte man etwas Gewebe erkennen.

»Da werden wir wohl den Reservereifen montieren müssen«, schnaufte Bernard. Mitten am Nachmittag. Kein Schatten weit und breit. Bei 37,5 Grad laut Bordcomputer ein wenig erfreuliches Unterfangen.

»Was du nicht sagst.« Franz' Laune war spürbar schlecht. »Geh' mal zur Seite, ich hol' den Wagenheber«.

Nachdem er die Abdeckung des Kofferraumes auf den Boden gefeuert, alle Klappen geöffnet und Fächer durchsucht hatte, ohne die Spur eines Wagenhebers zu finden, wurde ihm bewusst, dass es keinen gab. Er studierte die Betriebsanleitung und stellte fest, dass dieses Modell ohne Reserverad, ohne Notrad und demzufolge auch ohne Wagenheber ausgeliefert worden war.

Der Schweiß stand ihm auf der Stirn, als er zu Bernard sagte: »Jetzt sitzen wir in der Scheiße. Das darf doch nicht wahr sein. Diese Witzfiguren verkaufen dir ein Auto für 90.000 Euro mit allem erdenklichen Schnickschnack und dann hat die Karre nicht mal einen Wagenheber. Ha, denen werde ich was erzählen!«.

Er ging ein paar Meter hin und her und Bernard hörte ihn pausenlos fluchen. Beinahe hätte er ›mit dem R4 wär uns das nicht passiert‹ gesagt, konnte die Bemerkung aber noch runterschlucken. Auch ein ›von Porsche hätte ich mir mehr versprochen‹ wäre in der Situation nicht ratsam gewesen.

Immerhin war er so schlau, in der Anleitung nach Reifenpanne zu suchen und stieß auf den Hinweis, das Fahrzeug verfüge über ein Pannen-Kit. Er fand eine Box mit verschiedenen Utensilien, die unter anderem ein Dichtmittel, um Plattfüße zu flicken und eine Art Kompressor, um den reparierten Reifen wieder aufzupumpen, enthielt. Der umgehende Besuch einer Werkstatt wurde dringend empfohlen.

Sie hatten Glück im Unglück. Das Pannenset war nagelneu, die Reparatur dauerte keine 15 Minuten. Der Reifen hielt jetzt die Luft und nach wenigen Kilometern konnten sie vom Feldweg auf eine Landstraße abbiegen und mit 60 km/h langsam nach Hause rollen.

Ein Mal brach noch ein ›fahr weiter, du Zipfel und schau' nicht so blöd!‹ aus Franz heraus, als er von einer mit grinsenden Jugendlichen besetzten Ente überholt wurde. Einer hatte die Frechheit besessen, ihm Zeichen zu machen, er solle ein bisschen mehr Gas geben.

Überraschungen

Bernard hatte es sich hinter seinem Laptop gemütlich gemacht, ein großer Campari-Orange und eine Schale mit Erdnüssen halfen ihm nach Kräften beim Recherchieren. Sie hatten auf der gemächlichen Rückfahrt lange diskutiert und waren zu dem Ergebnis gekommen, sie sollten die möglichen Feinde des Bürgermeisters genauer unter die Lupe nehmen.

Oder vielmehr herausfinden, womit er sie sich eingebrockt haben könnte. Dass er verheirateten Frauen schöne Augen machte, fand Franz ganz normal.

»Ich setze mich doch nicht neben eine attraktive Frau, die alleine ein Café aufsucht und frage als Erstes, ob sie verheiratet ist, oder?« bemerkte er trocken.

»Wir müssten halt wissen, ob er außer an der Frau des Optikers auch noch an anderen Damen interessiert war« warf Bernard ein und erntete ein erstauntes »aber jede Wette!«

»Da die Damen ganz sicher sehr verschwiegen sind, werden wir da nicht viel herausbekommen. Da scheint mir die Sache mit Eric interessanter zu sein«.

Franz hatte sich auf den Winzer Eric alias Frank Zappa eingeschossen. »Und diesen … wie heißt der Rotzlöffel noch mal, der das Wahlplakat des Bürgermeisters verunstaltet hat?«

»Alain. Alain Grimaud. Sein Vater Serge ist politisch links außen und bezeichnet außer den Grünen alle gerne als Rechtsradikale«, kam es von Bernard.

»Und diesen Alain lassen wir links liegen? Ha, was für ein herrliches Wortspiel«, kicherte Franz.

Bernard verdrehte die Augen und entgegnete: »Das Bürscherl interessiert mich nicht, aber es wäre interessant, wie die beiden Männer zueinanderstehen. Ich weiß nur, dass er und Rémy bei einer politischen Diskussion mal ganz schön Streit bekommen haben«.

Franz erstaunte Bernard, als er daraufhin sagte: »Ich hätte da ein paar Ideen für das Abendessen. Wenn du in Ruhe recherchieren möchtest, gehe ich in die Küche und bereite etwas vor«.

»Okidoki!«

»Ja dann. Bis später«. Und weg war er.

Bernard ging im Geiste die Bestände des Kühlschranks durch. Eine Rolle Blätterteig, ein Teig für Flammkuchen, Speck in Würfeln und Streifen, Chorizo, Schinken aus der Auvergne, Oliven, Anchovis, jede Menge verschiedene Öle und Würzflüssigkeiten, Sahne, Joghurt, eine ganze Schublade voll mit Obst und Gemüse, mehrere Käse, Butter, Marmelade. Und natürlich Getränke.

Was hatte der Kerl vor? Ein großer Koch war er nicht. Egal, dachte sich Bernard. Da Franz gerne gut isst, wird schon was Vernünftiges dabei herauskommen.
Also wendete er sich wieder dem Laptop zu und begann zu tippen.

Franz hatte letztes Jahr, als er mit Jessica für ein paar Tage in Nizza war, eine der dortigen Spezialitäten kennen und lieben gelernt: *Pissaladière*.
Die *Pissaladière* ist eine berühmte Spezialität aus der Region um

Nizza, stammt aber ursprünglich vermutlich von der ligurischen Küste um Genua, wo sie *Pizza d'Andrea* genannt wurde. Der heutige Name leitet sich von *pissala* ab, was so viel heißt wie zerkleinerter und gesalzener Fisch, konnte er sich erinnern.

Sie hatten ein winziges Lokal, etwas abseits gefunden. Gefunden war das falsche Wort, Jessica war eine Meisterin darin, auf *Tripadvisor* oder wie die Online-Portale alle hießen, Restaurants herauszufiltern, die wirklich gut waren und die Chefin hatte ihnen detailreich erklärt, was es mit der Spezialität auf sich hatte.

Er erinnerte sich mit gemischten Gefühlen an den Kurzurlaub. Jessica war eine kurvenreiche Dunkelhaarige, konnte ihm mit 177 cm in die Augen schauen und war vor allem nicht auf den Mund gefallen. Sie hatten geplant, nach Nizza zu fliegen, einen Mietwagen zu nehmen und ein bisschen die Umgebung zu erkunden.

Es lief ganz und gar nicht so, wie er es sich vorgestellt hatte. Statt des 3er-BMW-Cabriolets hatte Jessica auf einen Fiat Cinquecento bestanden, ruckzuck umgebucht, und am ersten Abend waren sie nicht im Sterne-Restaurant, das er schon vor Wochen gebucht hatte, gelandet, sondern in einem eher einfachen Lokal – Franz hätte es fast als Kaschemme bezeichnet – das überwiegend simple lokale Gerichte anbot.

»Jetzt entspann' dich doch«, hatte sie geflüstert und er hatte sie angestrahlt.

Der Abend endete, wie es kommen musste. Franz entspannte sich mithilfe von eineinhalb Litern süffigem Rosé, hatte einen schwammigen Gang und fiel im Hotelzimmer wie ein gefällter

Baum ins Bett. Jessica schnaubte ein ›Na prima!‹ und vergnügte sich wenig begeistert mit ihrem nagelneuen iPhone.

Er schüttelte die Erinnerungen ab, dachte sich rückblickend ›blöd gelaufen‹ und begann mit den Vorbereitungen. Das Wort ›selbstkritisch‹ kam in seinem Wortschatz nicht vor.

Als Hauptgericht *Pissaladière* und als Nachtisch *Panna Cotta*. Ein grandioser Speiseplan von Chef Franz, dachte er sich. Nahm das Handy und machte sich auf die Suche nach Rezepten.

Für eine perfekt zubereitete *Panna Cotta* war es erforderlich, Sahne aufzukochen. Er nahm Crème fleurette, so hieß das Zeug hier, aus dem Kühlschrank und legte Zitrone, Zucker, weiße Gelatine und eine Vanilleschote aus Tahiti bereit.
Die Gelatine weichte er ein paar Minuten in kaltem Wasser ein. Die Vanilleschote schnitt er der Länge nach auf und kratzte das Mark heraus. Er verrührte die Sahne mit dem Zucker, erhitzte sie und ließ sie kurz köcheln.

Er nahm die Gelatine aus dem Wasserbad, drückte sie gut aus und löste sie in der heißen Vanille-Sahnemischung auf. Er gab einen TL Zitronensaft zu und rührte ihn unter. Bevor der die Vanille-Sahnemischung in eine flache, ausgespülte Form füllen konnte, musste er sie im Eiswasserbad kalt rühren, wobei sie noch milchig-cremiger wurde. Gleichzeitig verhinderte er damit, dass sich die Vanille-Samen am Boden absetzten und man nach dem Stürzen eine schwarz-gesprenkelte Oberfläche vorfinden würde. Die Form kam jetzt für einige Stunden in den Kühlschrank.

Vor dem Servieren würde er die *Panna Cotta* stürzen. Entweder stellte er sie dazu kurz in heißes Wasser oder er löste die Ränder vorsichtig mit einem Messer, bedeckte sie mit einer glatten Platte und drehte die Form beherzt um.

Für die Pissaladière hatte er einen verwegenen Plan. Mit tränenden Augen einen Sack voller Zwiebeln zu schneiden und dann eine halbe Ewigkeit zu dünsten, wie im Original-Rezept, kam für ihn nicht infrage.

Also nahm er statt des Hefeteigs einen Teig für Flammkuchen, bestrich ihn dünn mit Crème fraîche und streute ordentlich Thymian darauf. Bernard hatte in der Küche mehrere grobe Nägel in die Wand geschlagen, an denen Zwiebeln, Knoblauch, getrockneter Lorbeer, Thymian und Chilis hingen. Er belegte den Teig mit halbierten Anchovis, in Scheibchen geschnittenen schwarzen Oliven und hauchdünnen Ringen einer milden gelben Zwiebel. Er vollendete das Werk mit zwei Handvoll geräucherter Speckwürfel.

Im Luxus-Backofen Bernards, der mit einer Pizzastein-Funktion ausgestattet war, dauerte es bei 250° keine drei Minuten, bis die Ränder des Teigs kross und die dünnen Enden der Zwiebelringe hellbraun waren. Er entfernte das Backpapier und ließ den Teig noch eine Minute auf dem heißen Stein liegen.

»He, Meister, Essen fassen!«, schallte es aus der Küche und Bernard ließ alles stehen und liegen, um zu sehen, was der wilde Franz da wohl gezaubert hatte.
Sie teilten die Pissaladière mithilfe eines riesigen Messers in vier Teile und gaben – der eine mehr, der andere weniger – etwas Olivenöl, Salz und Chili darauf und wünschten sich mit vollem Mund einen ›Guten Appetit‹.
Bernard hatte eine Flasche Bordeaux dekantiert, die hervorragend

mit der ›Pizza‹ harmonierte. Nach ›Humus‹, ›nein eher feuchter Waldboden‹, ›eventuell Zigarrenkiste‹, ›dann aber mit frischem Röstbrot‹, ›Teer und Leder‹, ›was meinst du zu schwarzen Johannisbeeren‹ usw. beschlossen sie, dem süffigen Roten 92+ Punkte zu geben.

Franz hatte die Teller abgeräumt und mit System in die Spülmaschine gestapelt – Bernard konnte sich ein ungläubiges Hochziehen der Augenbrauen nicht verkneifen – und bereitete jetzt den Nachtisch vor.

Deshalb versuchte er, dessen Kreise möglichst nicht zu stören und hantierte weit weg an der Espressomaschine. Franz konnte die flache Form zu Bernards Erstaunen gut stürzen und begann jetzt, aus der knapp zwei cm hohen, weißlichen Masse mittels eines Messers zwei rundliche Formen auszuschneiden. Vollschlanke Damen? Musikinstrumente? Eine mathematische Formel? Bernard wusste nicht so recht.

»Was soll das werden?« »Brigitte Bardot?«

»Du Depp«, echauffierte sich Franz, »da sieht doch wohl jeder. Ein 356er-Porsche. Die Silhouette natürlich!«

Franz platzierte die ›Porsches‹ auf schwarzen Tellern und bröselte ein bisschen Kakaopulver an die Hecks der beiden Fahrzeuge. »Auspuffqualm«!

Die Nachspeise war wirklich gut und Franz überraschte seinen Freund ein weiteres Mal, als er auch noch anbot, die Küche aufzuräumen. Bernard könne dann in Ruhe weiter surfen.
Was ist denn heute los, fragte er sich. Der wilde Franz, ein

unerkannter Meisterkoch, der sich auch noch um eine saubere Küche kümmert? Als der Freund kurz darauf mit einem langstieligen Glas erschien und ihm einen ordentlichen Schluck Süßwein mit weißem Nougat aus Montélimar servierte, war er endgültig platt.

»Also Franz, äh …«.

»Ja, schon gut. Du kümmerst dich immer um alles, kochst und machst, da kann ich auch mal was tun«, sprach's und verschwand wieder in der Küche.

Er räumte Besteck und Geschirr in die Spülmaschine und wusch eine sperrige Schüssel von Hand ab. Dann schwenkte er einen Rest Rotwein aus der Flasche, die sie zuvor geleert hatten. Dann stellte er sie in einen alten Holzträger, in dem Bernard Altglas sammelte.

Gerade als er sich auch ein Glas einschenken wollte, hörte er Bernard rufen: »Mensch Franz, komm' mal her! Den Artikel aus der Zeitung musst du lesen!«
Er eilte herbei, sah ihm über die Schulter und las, worauf Bernard gedeutet hatte:

›Les Amarats.
Das ehrgeizige Golfplatz-Projekt ist so gut wie fertiggestellt. Nachdem einige Flächen, die nicht der Gemeinde Marcorignan gehörten, von verschiedenen Eigentümern aufgekauft bzw. im Tausch gegen anderes Land günstig erworben werden konnten, umfangreiche Erdarbeiten abgeschlossen und mehrere Gebäude errichtet wurden, kann man auch die Pflanzungen als beendet betrachten. Der vor drei Monaten angesäte Spezial-Rasen aus Südafrika hat sich dank täglicher Pflege der Greenkeeper prächtig

entwickelt, die Gemeinde hat zwei Hinweis-Schilder genehmigt und auf ein paar hundert Metern eine Geschwindigkeitsbegrenzung beschlossen, um den Besuchern ein gefahrloses Abbiegen auf den Parkplatz der Anlage zu ermöglichen.

Der Fluss Aude, der das Golfplatzgelände durchquert, wurde an mehreren Stellen leicht aufgestaut und umgeleitet, um natürliche Wasserhindernisse zu schaffen. Eine neue Holzbrücke bietet Spaziergängern und Radfahrern die Möglichkeit, weiterhin den Weg zu benutzen, der sich durch den Golfplatz schlängelt. Zur Warnung vor fliegenden Golfbällen wurden zahlreiche Schilder aufgestellt.

Um den Forderungen der Umweltschützer Genüge zu leisten, wurden Rückzugsgebiete für Vögel, Hasen, Füchse etc. geschaffen, die nicht betreten werden dürfen und teilweise eingezäunt wurden.
Da das riesige, flache Gelände im Falle eines Hochwassers der Aude schnell zu einem richtigen See werden würde, hat sich die Betreibergesellschaft unter der Leitung des Bürgermeisters und Präsidenten von Les Amarats, Rémy Fournier verpflichtet, an genau definierten Stellen Schutzdämme und Überlaufbecken bauen zu lassen.

Die Eröffnung der Anlage findet nächsten Samstag statt. Bürgermeister Fournier wird den Platz mit einem Drive von Tee 1 einweihen. Für jeden Meter, den sein Ball zurücklegt, spenden mehrere Firmen, die am Parkplatz Werbetafeln aufstellen durften, jeweils einen Euro für die Jugendmannschaft.
Die Pächterin des Restaurants auf der Anlage, Angelique Gallizzi, bietet am Eröffnungs-Wochenende alle Gerichte zum Sonderpreis an.
Der Artikel stammte aus dem Archiv der Zeitung *La Dépèche* und

war etwas mehr als drei Jahre alt. Bernard konnte sich gut an die Eröffnung der Golfanlage erinnern. Es war ein strahlend schöner Samstag im Juni gewesen. Anette und er waren früh losgefahren, um mitten im Geschehen zu sein. Die große Terrasse des Restaurants war schon gut besucht, man kannte sich großteils, grüßte sich mit Küsschen links-rechts-links oder winkte sich zu.

Vier grauhaarige Herren waren dabei, ihre Musikinstrumente – Banjo, Trompete, Klarinette und Saxofon – abzustimmen, in zwei riesigen Grillgeräten glühte bereits die Holzkohle. Sechs nagelneue Golf-Carts standen unter einer Pergola, daneben gab es ein Steinbecken, in dem nach der Runde die Golf-Schläger gesäubert werden konnten.

Da das Restaurant leicht erhöht lag, hatte man einen guten Blick auf den Abschlag und das Fairway der ersten Bahn, zumindest auf die ersten 250 Meter. Dort verengte es sich deutlich und knickte nach links ab. Außerdem wurde die Fläche, in der wohl die meisten Abschläge landen würden, von zwei Bunkern zusätzlich schmäler gemacht – eine Herausforderung, die nicht einfach zu meistern war.

»Und was ist daran so Besonderes?« riss ihn Franz aus seinen Gedanken.

»Wir waren doch erst kürzlich auf unserem Golfplatz. Sind dir da irgendwelche Dämme oder Becken aufgefallen?«

»Hmm, wenn du mich so fragst«.

»Also ich kenne den Platz wirklich gut, aber Schutzwälle, Deiche, Überlaufbecken, ableitende Kanäle oder was auch immer – Fehlanzeige. Dabei müsste es sie aber geben, zumindest wurde zugesagt, sie zu bauen. Obendrein hatten wir im Jahr nach der Fertigstellung einen extrem regenreichen Herbst, ich kann mich noch an etliche Hochwasserwarnungen erinnern. Die *Orb* bei Béziers, die *Cesse* zwischen Sallèles und Saint-Marcel, die *Aude* hinter Carcassonne.«

»So lange nix passiert, ist es doch egal«, wiegelte Franz ab und Bernard antwortete nur: »So lange nix passiert, genau«.

»Weißt du was Château, wir packen morgen früh unser Golfzeug und spielen eine Runde. Anschließend essen wir was Feines im *Gallizzi's*, du hast schon mehrfach von den fantastischen Kalbskoteletts geschwärmt, die dort gegrillt werden. Bei der Gelegenheit können wir uns umschauen und wer weiß, vielleicht gibt es ja Baumaßnahmen, die du bisher einfach übersehen hast.«

Bernard bezweifelte, Deiche oder Flussbecken ›übersehen‹ zu haben, war aber einverstanden. Er verschwand kurz im Weinkeller, überprüfte die Bestände seines Klima-Schrankes und stellte zufrieden fest, dass die Flasche, die er vor längerer Zeit für eine ganz besondere Fragerunde ausgesucht hatte, da lag, wo sie hingehörte.

Alles oder nichts

Bernard hatte gleich morgens in Perpignan angerufen, wo die nächstgelegene Porsche Werkstatt war, denn mit dem notdürftig geflickten Reifen wollte Franz auf keinen Fall nach Deutschland zurückfahren.

Bernard wäre ja einfach zur Autowerkstatt in Marcorignan gegangen, aber Franz hatte in seiner überheblichen Art nur gesagt, es handle sich um keine Werkstätte, sondern höchstens um eine rußgeschwärzte Garage mit öligem Boden. Wahrscheinlich würde der Sohn vom Mechaniker den Reifen mit Vorschlaghammer und Holzpflock barfuß von der Felge hauen.

Und ob er denn eine Ahnung hätte, was alleine die Turbo-Felgen seines Wagens kosten würden? Dafür könne sich Bernard locker einen weiteren gut erhaltenen R4 kaufen oder auch zwei.

Dann also Perpignan. Lag mit 88 Kilometern einen Deut näher als Montpellier mit 110.

Dass Franz darum gebeten hatte, für ihn dort anzurufen, verstand Bernard nur zu gut. In den ersten beiden Jahren nach dem Umzug hatte er es ebenfalls vermieden, zu telefonieren. Eigentlich eine unkluge Entscheidung, denn die Franzosen klärten alles gerne und ohne Umwege am Handy. Aber er konnte die rasend schnell und undeutlich gesprochenen Band-Ansagen nicht leiden, da er schon nach 15 Sekunden nur noch Bahnhof verstand.

Inzwischen hatte er mehr Selbstvertrauen, fürchtete aber nach wie vor Anrufe von Lieferanten. Die Kombination aus starkem Dialekt, schlechter Funkverbindung und lauten Nebengeräuschen –

offensichtlich telefonierte man als Fahrer eine Lieferfahrzeugs nur bei offenem Seitenfenster – brachte ihn schnell zur Verzweiflung.

Die Werkstatt musste die Reifen erst bestellen, das würde zwar nur bis morgen dauern, aber sie seien total ausgebucht, er könne frühestens in vier Tagen kommen, könne dann aber auf sein Auto warten. Die Aktion würde wenig Zeit in Anspruch nehmen.

Man würde jedoch ausschließlich beide Vorderreifen austauschen, das sei eine Vorgabe der Firma Porsche. Er solle mit insgesamt knapp 1.200 Euro rechnen.

Franz wurde kurz blass, nickte Bernard aber zu und dieser vereinbarte einen Termin am Dienstag nächster Woche gleich morgens um 9.00 Uhr.

Da Franz' Auto wegen Reifenpanne aus dem Verkehr gezogen war, beluden Sie Bernards GTL und machten sich auf den Weg zur Golfanlage.

»Sag mal, Bernard, was hältst du davon, wenn wir das heutige Lochwettspiel ein bisschen spannender machen?«

»Zum Beispiel?«

»Mal angenommen, du verlierst ein Loch, weil ich nur drei Schläge brauche, du aber vier, dann kannst du es auf Unentschieden stellen, wenn du mir eine Frage stellst, die ich nicht beantworten kann«.

»Und welche Fragen wären dann erlaubt?«

»Alle Fragen des, sagen wir mal, Allgemeinwissens. Du musst die korrekte Antwort natürlich kennen«.

»O. K. Einverstanden«.

Sie parkten Bernards GTL und ordneten ihre Golfsachen. Da kam ganz schön was zusammen. Handschuhe, lange und kurze Tees, Pitchgabeln, Ballmarker, Stifte, Energieriegel, Getränkeflaschen, Ersatzbälle. Sie überprüften ein letztes Mal die Schläger und zogen schließlich ihre Golf-Trolleys in Richtung Clubhaus.

Um genau zu sein: Bernard zog. Franz nicht. Franz hatte sich letztes Jahr einen Aluminium-Carbon-Trolley mit regelbarem Allrad-Antrieb, Hochleistungsakku und Fernbedienung gekauft, den er, Bernard musste sich jedes Mal sehr zusammenreißen, lässig vor sich her fahren ließ.

Beide schafften es ohne Probleme bis zum Clubhaus, bezahlten und nahmen ihre Score-Karten in Empfang, wo die Ergebnisse eingetragen wurden. Dann bereiteten sie sich auf das Spiel vor.

Da hatte jeder Golfer sein eigenes Ritual. Der eine geht noch schnell für kleine Jungs und mindert dadurch die Aufregung. Ein anderer stellt sich 20 Meter neben den Abschlag und übt, indem er knapp hundert Mal den Driver über die Grasnarbe sausen lässt. Andere quasseln ihre Mitspieler zu oder fummeln an speziellen Golf-Uhren herum.

Eines ist allen gleich. Die Angst, den ersten Schlag zu versemmeln. Die Vorstellung, den Ball schlecht oder gar nicht zu treffen und statt der erhofften 250 Meter nur ein paar wenige vom Abschlag entfernt zu landen, war furchtbar. Kostete das Versagen zum einen eine Runde, konnte man sich auch darauf einstellen, die nächsten Löcher mit blöden Bemerkungen ertragen zu müssen. ›Na, wie viele cm schaffst du diesmal‹, ›bitte nicht wieder ein Stück Boden raushauen‹, ›eine Lady, eine Lady‹, ›nimm lieber das Sandwedge‹, ›der Abschlag ist in der anderen Richtung‹ und so weiter.

Franz und Bernard hatten als gereifte Golfer damit keine Probleme. Beide zirkelten ihre Drives perfekt aufs Fairway und marschierten gut gelaunt in Richtung ihrer Bälle.

Bernard hatte diesmal beim ersten Loch die Nase vorne und schloss es mit vier Schlägen ab, einem Birdie. Franz landete zwischendurch im Rough, wie das halbhoch oder kaum gemähte Gras bezeichnet wurde und benötigte fünf Schläge. Ein Par.

Also war Bernard an der Reihe, ihm eine Frage zu stellen, mit deren Beantwortung sich Franz auf Unentschieden retten konnte.

»O. K., nenne mir die Hauptstädte von Kenia, Ägypten und der Elfenbeinküste!«

»Nairobi, Kairo kam es wie aus der Pistole geschossen … und … äh … verdammt, ich weiß es, aber …«. Die Zeit verging, sie hatten eine Frist von 2 Minuten vereinbart, aber es kam keine Antwort.

»Yamoussoukrou!, immerhin die Hauptstadt eines der 15 bevölkerungsreichsten Länder Afrikas«, triumphierte Bernard.

Mit diesem 1:0 ging es weiter zum nächsten Abschlag. Ein unspektakuläres, kurzes Loch, das Bernard schon öfters mit drei Schlägen gespielt hatte. Auch Franz war heute gut drauf. Unentschieden. Der Punkt kam in den Jackpot.

Loch Nummer drei war eines von Bernards Lieblings-Löchern. Zum Abschlag ging es zunächst durch dicht stehende Pinien einen steilen Kiesweg bergauf, dann wieder ein kurzes Stück bergab. Von hier hatte man eine großartige Aussicht und konnte in der Ferne die

Pyrenäengipfel erkennen.

Franz hatte seinen Trolley vor sich her fahren lassen, am höchsten Punkt aber kurz nicht aufgepasst. Das Gefährt nahm Fahrt auf, kippte zur Seite und überschlug sich in eine Brombeerhecke.

»Ja leck' mich doch ...«, brüllte Franz und drückte auf der Fernbedienung herum. »Jetzt hilf' mir mal!«

Bernard tat wie ihm geheißen und zusammen zogen sie Trolley, Golfbag und mehrere Schläger aus dem Gestrüpp.

»Ich sag' jetzt lieber nichts«.

»Ist auch besser so«.

Weitere Zwischenfälle gab es zum Glück keine und zur Halbzeit stand es deutlich 4:1 für Bernard. »Du hast nur noch vier Chancen, du Schlappsack«. Bernard konnte sich die kleine Gemeinheit nicht verkneifen und platzierte seinen Ball auf dem Tee, um bei Loch 6 abzuschlagen.

Es sollte allerdings ganz anders kommen.

Er traf mit der Unterkante, der Ball schoss flach davon, streifte eine Bodenwelle, hüpfte in einem Bogen in die Höhe und blieb keine 60 Meter vom Abschlag entfernt im halbhohen Gras liegen.

»Hehehe, was für ein Dackeltöter«, grinste Franz. »Dann wollen wir mal!« Holte aus wie John Daly, hieb auf den armen Ball und beförderte ihn mit einem erstklassigen Schlag gute 260 Meter weit in Richtung Fahne.

Bernard staunte. Das war echt ein superguter Schlag gewesen. Er konnte mit dem zweiten Versuch kaum die Distanz zu Franz aufholen, aber als dieser mit seinem nächsten Hieb das Grün traf, hob Bernard seinen Ball mit ›geschenkt‹ auf und verzichtete auf das Loch.

Bernard konnte im weiteren Verlauf mit der richtigen Antwort auf die Frage, wann das allererste Porsche-Modell 356 gebaut worden sei, es war 1948, einen Punkt retten, hatte aber heute wenig Chancen gegen einen groß aufspielenden Franz.

Als es bei Loch acht schließlich 4:4 stand, schlug dieser vor, um ein Abendessen im 2-Sterne-Restaurant von Lionel Giraud in Narbonne zu spielen.

»Wer verliert, zahlt. Einverstanden?«

Bernard überlegte kurz. Der sogenannte ›Kleine Spaziergang durch Okzitanien‹, wie das ausschließlich aus regionalen Produkten komponierte Menü hieß, kostete 120 Euro. Ohne Weinbegleitung. Er traute Franz aber zu, das 9-Gang-Menü für 160 Euro zu ordern. Plus Wein, 75 Euro pro Person, wären sie schnell bei 500 Euro.

»D'accord, aber nur, wenn du das Taxi übernimmst. Ich bin schließlich ein armer Rentner.«

Franz grinste schief, meinte aber: »Deal!«

Das letzte Loch der ersten Neun endete wie bei den meisten Golfplätzen üblich in der Nähe des Clubhauses. Eine zusätzliche mentale Herausforderung, konnten dadurch zahlreiche Gäste auf der Terrasse ausgezeichnet die sich nähernden Flights beobachten. Am schönsten war natürlich, sich über Missgeschicke zu amüsieren. Außerdem hatte es das Loch in sich. Ein Par 5, man sollte also im Normalfall mit dem fünften Schlag eingelocht haben, gespickt mit diversen Gemeinheiten.

Zuerst ging es bergab auf ein breites Fairway, das man am rechten Rand treffen sollte, um es mit dem nächsten Schlag über eine riesige, nicht gemähte Fläche zu schaffen. Wer mittig oder eher links landete, konnte über ein Zwischen-Fairway, die sogenannte ›Rentner-Wiese‹ weiterspielen. Von dort ging es auf eine kleine, hängende Insel, von der die Bälle gerne in einen halbmondförmigen Bunker rollten.

Wer die beiden ersten Schläge perfekt getroffen hatte, konnte versuchen, mit dem dritten Schlag das Grün anzugreifen. Dazu mussten 140 Meter über einen riesigen Teich überwunden werden, noch dazu hing die angepeilte Fläche zum Wasser hin.

Franz war dran und schlug seinen Ball weit, aber mittig aufs Fairway. Bernard, der richtig Schiss vor diesem Loch hatte, so oft musste er in der Vergangenheit schon Doppel-Bogeys oder noch schlechter notieren, traf mäßig und beförderte seine Kugel knappe 180 Meter in Richtung linker Fairway-Rand.

»Hehe, da schaust du aber alt aus« kam es von Franz, der schon auf dem Weg zu seinem Ball das Fairwayholz ausgepackt hatte. Mit diesem Schläger, einem Driver prinzipiell nicht unähnlich, bloß mit schlankerem Kopf, konnte man vom Fairway extrem weit schlagen. Gutes Treffen vorausgesetzt.

Er machte mehrere Übungsschwünge, stellte sich in Position, holte aus … und schlug den Ball in einer seltsamen Kurve mitten ins Dickicht. Suche zwecklos. Der war weg.

Das »Grmpfhtt« von Bernard hätte man als ›ganz schön daneben gedroschen‹ oder so interpretieren können und auch sein Versuch, das blöde Grinsen zu unterdrücken, misslang.

»Danke, sehr fair«, schäumte Franz und warf wutentbrannt seinen Schläger hinterher. Bernard hätte am liebsten gesagt ›ich würde noch einen Provisorischen hinterher schmeißen, wer weiß, ob du den wieder findest‹, konnte sich die Gemeinheit aber gerade noch verkneifen. Es war üblich, nach einem sehr schlechten Schlag, bei dem der Ball in ein Gebüsch oder ins hohe Gras flog und man bezweifelte, ihn wiederzufinden, einen ›Provisorischen‹ zu spielen. Dieser provisorische Ball wurde den Mitspielern gegenüber als solcher angesagt und wurde – sollte der vorher geschlagene tatsächlich nicht mehr gefunden werden – mit einem Strafschlag zum neuen ›Ball im Spiel‹.

Franz versuchte ruhig zu bleiben, was ihm sichtlich schwer fiel, hob seinen Schläger auf, lief zurück und schlug den Ball im zweiten Versuch und mit Schweiß auf der Stirn immerhin knapp über die nicht gemähte Wiese.

Bernard lag auf der ›Rentner-Wiese‹ und überlegte. Franz hatte nach seinem Abschlag und dem vermurksten zweiten Schlag, den er wiederholen musste, drei Schläge auf dem Konto. Sein eigener dritter kam erst, aber mit dem Eisen gute 150 Meter übers Wasser? Er beschloss, vorsichtig zu sein und schlug seinen Ball auf einen breiten Streifen Fairway, von dem er noch rund 60 Meter zum Loch hatte.

Franz, der ›Alles oder nichts‹ gehen musste, lag ähnlich weit weg von der Fahne. Er entschied sich für ein Eisen 7 – der Wind kam immerhin von hinten – und landete mit Glück gerade so auf dem

Grünrand, von wo der Ball bis auf dreieinhalb Meter an die Stange hüpfte. Der Schlag hätte keinen halben Meter kürzer sein dürfen.

Bernard wusste, dass von seinem nächsten Schlag alles abhängen würde. Käme er deutlich näher an die Fahne als Franz, hätte er den leichteren Putt und könnte das Loch gewinnen. Er konzentrierte sich lange, sah mehrmals zum Grün, dann wieder auf seinen Ball und holte gleichmäßig aus.

Der Ball flog in einer hohen Kurve auf das Grün, klatschte eine kleine Delle in die Grasfläche und rollte noch ein Stückchen. Bernard entfuhr ein ›Ja!‹ und er schlug mit der geballten Faust in die Luft. Ein Meter bis ins Loch. Höchstens.

Die beiden nächsten Putts hatten in puncto Spannung Ryder-Cup-Qualität. Franz studierte das Grün aufmerksam, sein Ball rollte auf einer perfekten Linie zum Ziel, wurde aber von einem winzigen Steinchen gerade so stark gebremst, dass er knapp vor dem Lochrand liegen blieb.

Bernard stellte sich daraufhin siegessicher auf das Grün, richtete seinen Putter exakt aus und gab dem Ball einen genau dosierten Schubs. Er rollte auf das Loch zu, machte kurz bevor er darin verschwinden konnte jedoch eine kaum wahrnehmbare Kurve nach links – er hatte eine kleine Bodenwelle unterschätzt – traf die Lochkante, drehte eine drei-viertelte Runde auf der Kante und kam ihm schließlich wie zum Hohn wieder ein paar Zentimeter entgegen.

Lazy Donnerstag

Sie hatten die letzten Putts aus wenigen Zentimetern problemlos versenkt und das Spiel mit einem gerechten Unentschieden beendet. Jetzt saßen sie im *Gallizzi's* und schlugen sich die Bäuche voll.

Während der Runde waren sie ab und zu an den Rändern der Fairways entlang gegangen und hatten aufmerksam das Gelände studiert. Irgendwelche Dämme oder Flutbecken hatten sie keine entdecken können. Bis auf zwei größere Hügel war die Landschaft platt gemacht worden. Offensichtlich, um breite und ebene Spielbahnen zu schaffen. Man hatte zwar einige Hundert Büsche und Bäumchen neu gepflanzt und die alten Pinien, die den Kurs säumten, waren zum Glück erhalten worden, aber manche Fairways waren so breit und eben, dass einmotorige Sportflugzeuge ohne Schwierigkeiten hätten landen können.

Der Fluss schlängelte sich zwischen den sanften Hügeln hindurch und bildete etliche natürliche Wasserhindernisse. Der große Teich, der bei Loch 1 und 9 ins Spiel kam, war künstlich angelegt worden. Zahlreiche Enten erfreuten sich hier ihres Daseins.

»Wenn ich das richtig verstehe, hat euer Bürgermeister zwar verschiedene Baumaßnahmen versprochen, getan wurde aber nichts«, fasste Franz seine Gedanken zusammen.

»So schaut's aus«, bestätigte Bernard mit vollem Mund.

»Mich wundert allerdings, dass sie ihm das durchgehen lassen«.

»Wer?«

»Die Grünen, die Umweltschützer, die Gegner von einst, die Leute vom Wasserwirtschaftsamt, die Winzer, die Angst um ihre Rebstöcke haben und was weiß ich, wer sonst noch«.

»Hmm«.

»Ich gönne mir heute ein Apfelsorbet mit Calvados«, kam es von Franz, der sich bereits die Dessert-Karte gegriffen hatte.

»Ebenso«.

Sie verspeisten den Nachtisch, zu dem sie *deux petits cafés express* bestellt hatten und schauten den Spielern zu, die sich dem Clubhaus näherten.

»Wie war das eigentlich damals, als ihr den großen Regen hattet? Du hast mal gesagt, die Pegel aller Flüsse hier in der Gegend seien explodiert. Was war da auf euerem Golfplatz los?«

Franz hatte der Bedienung ein Zeichen gegeben und wollte gerade zwei Verdauungsschnäpse ordern, als Bernard antwortete: »Das kann ich dir nicht sagen, die ganzen Zufahrtsstraßen waren gesperrt, aber ich denke mal, es war ganz schön Land unter. Die Bauten stehen etwas erhöht und sind dadurch sicher, sogar das Putting Green direkt neben der Terrasse liegt höher als die Fairways. Dem Restaurant, dem Clubhaus, den Schuppen für die Golf-Carts und denen für die ganzen Maschinen ist nichts passiert, soweit ich weiß.

»Und bei euch?«

»Wir hatten verdammtes Glück. Von unserem Haus aus, also vom

Balkon im ersten Stock, konnten wir sehen, dass gar nicht weit weg ganze Landstriche überschwemmt worden waren. Weißt du, solange du selbst nicht direkt betroffen bist, kümmert es dich wenig. Hier gibt es alle paar Monate irgendwo ein Hochwasser. Das liegt daran, dass sich Regengebiete zwischen den vielen Bergen manchmal kaum bewegen. Dann hast du das Gefühl, es regnet tagelang aus derselben Wolke.

Außerdem sind Niederschläge mit 80 mm am Tag nichts Ungewöhnliches. Du kennst die Hügelkette im Norden. Ich würde sagen, die höchsten Punkte sind 30 bis 35 Meter hoch. Wenn so richtig fette Regenwolken hier drüber ziehen, siehst du davon nichts mehr, so tief hängt die Suppe überm Boden«.

»Und was ist mit den Leuten weiter unten Richtung Fleury?«

»Persönlich kenne ich niemand, aber ich könnte mir vorstellen, dass es da einige böse Überschwemmungen gegeben hat«.

»Deine Anette hat doch gleich gesagt, du solltest in dieser Richtung recherchieren«.

»Meine Anette, meine Anette!«

Ja, mein lieber Bernard, die Intuition der Damen sollte man nicht unterschätzen!«

»Blödmann!«

Die Schnäpse, zwei gut eingeschenkte, langstielige Gläser mit würzigem Aprikosengeist waren vorzüglich gewesen und die beiden beschlossen, nach Hause zu fahren.

Der Weg über die Landstraße führte sie durch etliche kleine Dörfer.

Bernard kannte die Strecke sehr gut. Als sie einen uralten Schuppen passierten, vor dem mehrere Autos standen, bremste er, bog auf einen Feldweg ab und wendete.

»Was wird das jetzt?«

»Das ist ein altes Haus, war mal Teil einer Fabrik oder so, da verkaufen sie jetzt je nach Saison frisches Obst und Gemüse aus eigenem Anbau«.

»Aha! Soso!«

»Schau ned so deppert!« Bernard war plötzlich in vergangene Mundart verfallen, »wir brauchen noch ein Kühlschrank-Update. Du verstehen?«

Mit einer ganzen Steige Zucchiniblüten und einem Papierbeutel voller Kirschtomaten kam er zufrieden grinsend zurück.

»Da wirst schauen, mein Lieber!«

Der windstille, sonnige Tag war bisher großartig gewesen. Bernard konnte manchmal ein stilles Grinsen nicht unterlassen, wenn er durch den Garten lief. In Sichtweite einige Pyrenäen-Gipfel und die zart geschwungene Silhouette der umliegenden Hügelketten. Die unglaubliche Stille. Im Aufwind kreisende Bussarde am Horizont. Der Gemüsegarten. Er liebte Saint Joseph und konnte sich nicht vorstellen, jemals woanders wohnen zu müssen. Aber das Leben war endlich und man sollte beizeiten … er wischte den Gedanken beiseite.

Franz hatte beschlossen, seinen Flitzer zu waschen und sich dafür den Wasserschlauch bis zu seinem Auto gezogen, zwei Eimer, Schwämme, ein Stück Leder von Bernard ausgeliehen und seifenfreies Waschmittel bereitgestellt. Runde und gebogene Bürsten zum Felgen putzen sowie ein Wischer für die Scheiben vervollständigten sein Arsenal.

Bernard amüsierte sich. Seinen R4 hatte er das letzte Mal vor einem Jahr gewaschen, den Rest erledigte der Regen. Denn Wasser war ein knappes Gut. Wenn man es genau nahm, war wegen der heurigen anhaltenden Trockenperiode das Autowaschen seit 14 Tagen sowieso untersagt. Zumindest offiziell.

Die Franzosen, geborene Rebellen, hielten sich nicht gern an Anordnungen und Verbote. Sogar bei Carrefour, dem Supermarkt mit großer Tankstelle, liefen die Waschstraßen von morgens bis abends.
Sollte der wilde Franz nur sein Auto waschen. Er würde die Koch-Kreise von Archimedes alias Bernard zumindest nicht stören!

Bernard sprang in den Pool, spulte 30 Bahnen ab, duschte kalt und kam erfrischt zurück. Mit neuem T-Shirt, einem schwarzen Stones-Shirt, das er 2017 anlässlich ihres Besuchs des Konzerts in Stockholm erworben hatte – er hatte zum Geburtstag von Anette zwei Eintrittskarten geschenkt bekommen – griff er sich sein Lieblings-Kochmesser und das einen halben Quadratmeter große, dicke Schneidbrett und begann mit den Vorbereitungen.

Er hatte ein dünnes Kochbuch aufgeschlagen und bei ›Gefüllte Zucchiniblüten alla Milanese‹ eine kleine Glasplatte über die Seiten gelegt:

Pro Person 3 - 4 mittelgroße Zucchiniblüten

100 – 120 g Ricotta oder fromage frais
3 dünne Scheiben Parmaschinken
15 Haselnüsse
ein paar Blätter Basilikum
Parmigiano
Meersalz
frisch zerstoßener Pfeffer
1 Ei
1 EL Sahne
Paniermehl
Zitrone
Butter
Traubenkernöl

Er befreite die Zucchiniblüten von Stielen und Stempeln, wusch sie ganz behutsam ab und ließ sie abtrocknen. Die Haselnüsse halbierte er. Anschließend hackte er sie mit seinem schweren Kochmesser klein.

Der Parmaschinken wurde in kleinere Stücke geschnitten, das Basilikum fein zerkleinert. Er gab den Ricotta, das Basilikum, die Haselnüsse, den Schinken und ein paar Esslöffel frisch geriebenen Parmesan dazu und vermischte alles, indem er mit Salz und Pfeffer nachwürzte.

Jetzt hieß es, vorsichtig zu sein. Er öffnete die empfindlichen Blüten, füllte sie mit der Mischung und band die dünnen Enden mit Küchengarn zusammen.

Zum Panieren, Bernard konnte Frittieren nicht besonders leiden, verquirlte er Ei und Sahne in einer flachen Schüssel. Er stellte eine zweite mit Paniermehl daneben und erhitzte in einer großen Pfanne ganz behutsam Butter und Öl zu gleichen Teilen.

Er beträufelte die Blüten mit etwas Zitronensaft, zog sie durch die Ei-Sahne-Masse und wendete sie in den Semmelbröseln. Im Prinzip war die Art der Zubereitung sehr ähnlich wie beim Wiener Schnitzel. Die Blüten wurden jetzt von allen Seiten goldbraun gebacken, was insgesamt knapp acht Minuten dauerte.

»Was soll ich sagen, Bernard«? Franz hatte den Porsche geduscht, abgeschrubbt, mit Shampoo gewaschen, abgeledert und trocken gerieben. Fast hätte er ihn noch an sich gedrückt.
»Du hast dich wieder selbst übertroffen«! Franz klebten noch die Semmelbrösel an den Mundwinkeln. »Wo hast du denn dieses geniale Rezept her?«

»Es kommt nicht auf das Rezept an, es kommt darauf an, was man daraus macht!« Bernard sonnte sich in den Komplimenten. »Das lästige Frittieren wird hier durch die Variante ›alla Milanese‹ ersetzt und es funktioniert gut, wie du siehst. Das Rezept ist aus dem Buch von irgendeinem Deutschen, der im Languedoc lebt und anscheinend gern und gut kocht«.

Zur Vorspeise tranken sie einen kräftigen Weißwein, ebenfalls aus der Gegend, einen Blend aus *Grenache blanc*, *Roussanne* und *Viognier*.
Den Hauptgang sollte ein ganz besonderer Rotwein begleiten. Bernard hatte dafür seit längerer Zeit eine Flasche zur Seite gelegt. ›Einen eindrucksvollen Wein sollte man nicht mit einem allzu intensiv abgeschmeckten Gericht übertrumpfen‹, dachte er und hatte sich für einen Klassiker entschieden. Beim Metzger im Nachbarort hatte er zwei mittelgroße T-Bone-Steaks besorgt. Mittelgroß war irreführend, wog jedes Stück Fleisch immerhin 650

Gramm mit Knochen.

Ein Essen, das große Teller und gute, scharfe Messer erforderte. Dafür wollte er bei den Beilagen kleinere Brötchen backen. Ein Salat aus Rucola, Tomate, Parmesan, mildem, weißen Essig, Olivenöl, Salz und Pfeffer sowie einige im Backofen brutzelnde Kirschtomaten sollten genügen.

Bernard hatte die Flasche schon vor mehr als drei Stunden geöffnet und in eine große Karaffe gegossen. Bevor das Fleisch auf den Grill kam, schenkte er den Rotwein in die Gläser, stieß mit Franz an und forderte ihn heraus: »So, jetzt bist du dran! Mal sehen, wie weit du mit drei Nein kommst«.

Beide hielten die Gläser leicht schräg gegen das Licht und ließen den Wein langsam kreisen. Ein vielversprechender Anblick. Leuchtend schwarz, fast undurchsichtig lag er im Glas.

Ein erstes Schnuppern beförderte bereits vielfältige Aromen ans Tageslicht. Nach ›Himbeeren und Brombeeren‹, ›auch Pflaumen‹, ›Kaffee‹, ›mineralisch‹ und ›pfeffrig‹ glaubten sie sogar ›Veilchen‹ zu erkennen. Ein begeisternder, ausdrucksstarker Duft. Franz war sichtlich beeindruckt.

»Was hast du denn da für eine Granate aufgerissen?«

»Da schaust du, gell!«

»Wow, diese Komplexität, diese Dichte, diese Schwärze«, Franz konnte gar nicht mehr aufhören zu schwärmen.

»Jetzt fang' an!«, forderte Bernard und das Spiel begann.

»Dieser Wein ist rot«.

Bevor Bernard explodierte, verbesserte er sich mit: »Schon gut, hehe. Ich wollte sagen: Dieser Wein ist ausgezeichnet!«

»Da bekommst du ein ›Ja‹, aber mal im Ernst!«

»Ich würde sagen, dieser Wein kommt nicht aus den USA«.

»Richtig«.

»Er kommt aus Australien«.

»Leider falsch«.

»Dann kommt er aus Südeuropa«.

»Genauer, bitte«.

»O. K., Frankreich!«

Bernard war erstaunt. So schnell auf das richtige Land zu kommen, hätte er dem wilden Franz nicht zugetraut. Andererseits – wäre er der Ratende gewesen, er hätte ebenso auf Frankreich getippt. Italien und Spanien hätte er, wenn auch mit Bedenken ausgeschlossen.

Anschließend kassierte Franz allerdings zwei weitere ›Nein‹, denn er hatte auf einen sortenreinen Wein getippt. Er bestand mit Syrah und Grenache aber aus zwei Rebsorten. Auch das Anbaugebiet war mit ›südliche Rhône‹ falsch. Der Wein kam aus dem Languedoc. Als Bernard das Rätsel löste, konnte er es kaum glauben.

»Aus dem Languedoc? Also hier aus der Gegend? Echt jetzt?«

»Ja, und wenn ich dir sage, dass es einer der Nachbarn von Château Moyau ist, dann weißt du, dass man in einer guten halben Stunde hinfahren könnte.«

»Dann muss es ein Wein aus dem Gebiet *La Clape* sein und da fällt mir nur *La Porte du Ciel* von *La Négly* ein«.

»Exakt. Der 2018er. 97–99 Punkte bei Parker. Eigentlich noch untrinkbar, aber ein paar Stunden in der Karaffe haben ihm gutgetan. Und mit 109 Euro direkt am Weingut durchaus bezahlbar«.

Damit beendeten sie das Ratespiel, entdeckten beim Essen noch Nuancen von Heidelbeeren, Zigarrenkiste, Speck sowie Wacholder und genossen den Wein bis zum allerletzten Tropfen.

Überschwemmung

»Schau dir das mal an!« Bernard war wie elektrisiert von seinem Laptop aufgesprungen. »Das könnte alles erklären«.

Er hatte am Abend nach der großartigen Flasche noch einen eher einfachen Wein aufgemacht und sie hatten auf der Terrasse neben dem Pool gesessen und über Gott und die Welt diskutiert, als Franz plötzlich Hunger auf ›Süßes‹ bekundete.

Franz konnte sich schon denken, was er damit meinte, warteten im Eckschrank in der Küche neben weißem Nougat und Pistazien auch *Oreillettes du Languedoc*. In Fett heraus gebackene Teigfladen in der Form von Öhrchen. Hauchdünn und kräftig mit Zucker bestreut, warteten sie darauf, verspeist zu werden.

Franz war ein Liebhaber aller Nachspeisen und mit einem ›wenn schon, dann aber richtig‹ wollte Bernard kein Spielverderber sein und holte eine uralte Flasche Vin Santo aus dem Weinkühler. Der goldgelbe, süße, leicht ölige Wein war wie geschaffen, um darin Cantuccini oder Amarettini einzuweichen, sie im Mund schmelzen zu lassen und mit einem Schlückchen nachzuspülen.

Die zuckersüßen Beignets waren aber ebenfalls sehr gut geeignet. Franz schmatzte und goss sich ein Gläschen nach dem anderen ein.

So leerten sie auch diese Flasche und als Bernard von der Toilette zurückkam, hing der wilde Schluckspecht im Stuhl und schlief. Da es kurz vor Mitternacht noch 25 Grad hatte, deckte er ihn mit einer dünnen Decke zu, sprühte ihm etwas vom Moskitospray auf Hals und Hände und ließ ihn seinen Schwips ausschlafen.

»Was hast du denn entdeckt?« Franz kam schwerfällig näher. »Aua, mein Kopf. Hast du mal eine Tablette für mich?«

»Im Bad. In dem weißen Schränkchen, zweite Schublade von oben«.

Franz hatte die Tablette hinuntergewürgt, war in den Pool gestiegen und einige Male mit dem Kopf untergetaucht, bis er endlich einigermaßen aufnahmefähig war.

Bernard deutete mit dem Kinn auf den Laptop.

›Überschwemmung fordert mehrere Todesopfer.

Carcassonne/Trèbes. Die tagelangen Regenfälle führten zu einem starken Anstieg der Pegel. Am Oberlauf der Aude traf es den Ort Trèbes am schlimmsten. Die Aude schwoll innerhalb weniger Stunden an der Messstation Trèbes von 0,65 m auf einen Stand von 4,80 m an. Tiefer gelegene Teile des Ortes wurden überschwemmt und stark verwüstet. Drei Tote wurden aus einem verschütteten Keller geborgen, mehrere Personen werden noch immer vermisst.

Auch flussabwärts kam es in vielen Orten zu Überschwemmungen und Straßensperrungen. Zwischen Sallèles d'Aude und Moussolens stand eine Fläche von mehreren Quadratkilometern unter Wasser, ebenso hinter Coursan. In beiden Gebieten stehen vereinzelte, bewohnte Gebäude, die teilweise zerstört wurden. Das Alten-Wohnheim am Ortsrand von Marcorignan musste evakuiert werden.‹

Den Artikel hatte er zufällig im Archiv der Zeitung *La Dépèche* gefunden. »Das ist genau die Gegend, in der unter anderem Eric wohnt«, stellte Bernard fest. »

»Bist du dir da sicher?«

»Absolut«.

»Dann lass' mich mal überlegen!« Franz lehnte sich in seinem Stuhl zurück, man sah, wie es in seinem Gehirn arbeitete.

»Ich hol' uns zwei Tassen Kaffee«, kam es von Bernard, der in Richtung Küche verschwand. Als er zurückkam, hatte Franz' Gesicht Farbe bekommen, allem Anschein nach war er aufgeregt.

»Also«, begann er, »ich fasse mal zusammen. Euer Bürgermeister baut einen Golfplatz ...« »gebaut hat er ihn nicht ...« »ja schon gut, lass' mich mal ausreden. Er verspricht den Leuten, wegen der Hochwassergefahr werde er zum Schutz Dämme und Flutbecken bauen lassen. Er macht es aber nicht. Es kommt, wie es kommen muss. Eine längere Regenperiode macht aus den Bächen reißende Flüsse. An vielen Stellen tritt das Wasser über die Ufer. Der breite und ebene Golfplatz beschleunigt die ganze Sache, da Hügel, Bäume, Mauern etc. platt gemacht wurden.

Weiter in Richtung Meer kommt es dadurch zu gewaltigen Überschwemmungen. Mitten drin Eric. Sein Hof steht unter Wasser, seine Maschinen gehen kaputt, sein Wein ist hinüber. Für ihn ist der Bürgermeister der Schuldige. Er rastet aus ...«.

Bernard hatte aufmerksam zugehört. Jetzt saß er still da und überlegt.

»Das würde ...« begannen beide gleichzeitig und Bernard fuhr fort

»erklären, warum Eric Rémy kürzlich auf dem Golfplatz so angemacht hat. Er hat wohl noch ein Hühnchen mit ihm zu rupfen«.

»Alles schön und gut«, stellte Franz fest, »aber das würde bedeuten, er hätte ihm aufgelauert, ihn überwältigt, ihn sozusagen entführt und dann umgebracht. Sorry, aber das ergibt keinen Sinn. Wenn er ihm an den Kragen will, warum fährt er ihn nicht einfach über den Haufen?«

»Weil er damit sein Auto beschädigt und Spuren hinterlässt, ganz einfach«.

»Irgendwie passt das nicht so richtig zusammen«, stellte Franz fest und leerte seine Kaffeetasse. Er wusste nicht, dass er der Wahrheit nahe gekommen war.

»Weißt du was mein Lieber, ich brauche frische Luft um den Kopf, ich nehm' eines euerer Fahrräder und fahr' ein bisschen übers Feld. Der Fahrtwind wird meine Kopfschmerzen lindern und außerdem stehen neben der kleinen Brücke da hinten jede Menge Brombeersträucher. Ich pflück' uns eine Schüssel und dann machst du was Schönes draus«.

»Alles klar!«

Bernards Blick streifte die Menüleiste oben an seinem Laptop und er stellte an der Datumsanzeige fest, dass der Sylt-Aufenthalt seiner Anette morgen zu Ende gehen würde. Sie hatten wenig telefoniert und auch WhatsApp kaum benutzt, es wurde Zeit, sich auf den neuesten Stand zu bringen.

Er schnappte sich sein Telefon, suchte seine Liebste in den

Kontakten und drückte auf ›Anrufen‹.

»Ui, das ist aber schön, dass du mich anrufst«, hörte er sie sagen, »gehts dir gut?«

»Bestens. Franz und ich kommen gut zurecht, wir sind eigentlich pausenlos am Essen und Trinken«.

»Und die Sache mit Rémy?«

Er erzählte ihr von ihren Recherche-Ergebnissen und erläuterte ihr die Schlüsse, die sie daraus gezogen hatten. Er berichtete von den Überschwemmungen. Von Eric, der wohl stark betroffen gewesen war. Von all den anderen Mosaiksteinchen, die sie bisher zusammen gefügt hatten. Dass sie auf eine unheilvolle Konfrontation zwischen Eric und dem Bürgermeister hindeuten würden. Brach dann aber ab und fragte:«Jetzt bist du aber dran, wie wars denn so?«

»Ehrlich gesagt, super! Wir verstehen uns wirklich prima. Susi hat sich ein großes Zimmer mit Küchenzeile, Sofa, kleinem Tisch und zwei Stühlen gebucht. Da saßen wir täglich zwei, drei Stunden, konnten in Ruhe stricken und ratschen. Du wirst Augen machen, wenn du siehst, wie weit ich mit deiner Weste gekommen bin. Wir haben allerdings beschlossen, ihr für das große Zimmer was zuzuzahlen.«.

»Wart ihr denn auch mal richtig gut essen?«

»Ha, das kannst du hier vergessen. *Spaghetti Bolognese* für 21 Euro und so. Die Preise sind unglaublich. Wir hatten zum Glück die Möglichkeit, selbst zu kochen, aber ein einziges Mal wollten wir dann schon in der berühmten Sansibar gewesen sein. Verena bestellt also einen Tisch für drei, wir marschieren dorthin und sitzen tatsächlich neben Sting. Kannst du dir das vorstellen?

»Echt jetzt?«

»Ja. Der war total cool. Wollte nicht erkannt oder angesprochen werden, hat aber dauernd schief rübergegrinst. Irre sympathischer Typ. Später kamen dann noch drei Freunde von ihm. Als wir gingen, standen vier leere Flaschen auf einem Beistelltischchen. Ich konnte von einer das Etikett gut erkennen. Das obere Drittel zierte eine Zeichnung von Jeff Koons, eindeutig eine Flasche Château Mouton-Rothschild. Mann, die müssen eine Rechnung gehabt haben!«

Bernard war sprachlos. Seine Anette. Sitzt in der Sansibar neben Sting …

»Und was habt ihr euch gegönnt?«

»Ich habe in dir ja zum Glück einen hervorragenden Lehrmeister in puncto Wein. Schau' mir also die Karte an – knapp 60 Seiten – und entdecke was? *Hallucinant* von Château Moyau! 98 Euro. Ein fairer Preis, wenn man bedenkt, dass die meisten Weine, die ich kannte, mit gut 500 Prozent Aufschlag kalkuliert waren. Oder? Dazu gab es gebratene Kalbsleber mit Kartoffelbrei und Schmorzwiebeln für mich, Currywurst für Susi und Lammhaxe für Verena«.

Bernard versuchte, sich einen der besten Weine aus dem Languedoc als Begleiter von Currywurst vorzustellen …

129

Anette riss ihn aus seinen Gedanken: »Wir reisen morgen ab. Ich habe ein Ticket für den Zug von Hamburg nach München und fahre dann mit der S-Bahn ins Würmtal, wo mich Barbara mit dem Auto abholt. Ich habe vor, drei oder vier Mal bei ihr zu übernachten. Was meinst du?«

»Großartig, das kommt zeitlich gut hin. Franz möchte bis Mitte nächster Woche bleiben, weil er erst am Dienstag seine neuen Reifen bekommt. Wenn du einen Flug am Donnerstag buchst, kannst du ihm aus dem Weg gehen. Wobei ich ja nicht so ganz verstehe, was du an ihm …«.

Weiter kam er nicht, denn Anette unterbrach ihn schroff: »Weil er Frauen gegenüber ein Arsch ist, ganz einfach!«

Damit ließen sie es gut sein, tauschten noch ein paar eher unwichtige Gedanken aus und beendeten das Gespräch.

Étang du Doul

Bernard wusste nicht so recht, wonach ihm war. Um mal etwas anderes zu sehen als nur die eigene Küche, den eigenen Garten und den eigenen Pool hatte er in einigen der vielen Wander- und Radwanderführer, die er besaß, geblättert. Es sollte eine nicht zu anstrengende Wanderung werden, wenn möglich ohne große Höhenunterschiede.

Er zog das Zufußgehen dem Radeln vor, denn dabei konnte man sich besser unterhalten. Seine Wahl fiel schließlich auf eine Tour rund um den beinahe kreisförmigen *Étang du Doul*, einen Teich mit etwa 800 Metern Durchmesser. Der Führer erklärte, der *Étang* sei eine wenig tiefe, stehende Wasserfläche, über Salinen mit dem Meer verbunden. Die Salinen könne man auf Holzstegen überqueren, es schließe sich ein bergauf-bergab-Rundweg mit einigen Hügeln an. Diese seien aber nur 60 bis 75 Meter hoch.

Bernard recherchierte und fand heraus, dass der Startpunkt in Peyriac-de-Mer lag, einem winzigen Ort ungefähr eine dreiviertel Stunde entfernt. Und dass es dort ein Boulodrome gab, eine Fläche, die für Pétanque-Spieler reserviert war, sowie mehrere Cafés.

»He Franzlmann, ich hätte da eine schnelle Idee für heute!«

»Lass hören, Château!«

»Wir fahren nach Süden in Richtung Küste. Und zwar auf der Landstraße Richtung Perpignan. Ein Stück hinter Narbonne kommt ein Örtchen namens Bages, das lassen wir links liegen und weiter gehts nach Peyriac-de-Mer. Wir parken das Auto. Anschließend wandern wir um den Étang herum, machen an einem schönen

Punkt Pause und essen mitgebrachte Leckereien. Baguette, Wurst und Käse«.

»Und trinken mitgebrachten Rotwein!« Franz' Augen glänzten. Der Vorschlag schien ihm zu gefallen.

Kurz darauf hatten sie eine Kühlbox bestückt, feste Schuhe angezogen und diverse andere Ausrüstungsgegenstände eingepackt. Fernglas, Messer und Gabeln, ein Holzbrett, Sonnencreme, Fotoapparat, Korkenzieher, eine Landkarte von IGN im Maßstab 1:25.000 und zwei Ledertaschen mit jeweils drei Boulekugeln.

Franz drückte auf seinem Smartphone herum. »In Bages gibt es ein erstklassiges Restaurant. *Le Portanel*. Kennst du das?«

»Ja, irgendwer hat mir vor längerer Zeit vorgeschwärmt. Muss echt gut sein und einen superben Blick auf die Étangs bieten«.

»Ich ruf' an und reserviere uns einen Tisch für heute Abend. Einverstanden?«

»Passt!«

Die Fahrt führte durch zwei kleinere Örtchen und auf einer neu gebauten Straße um Narbonne herum. Statt am *Croix Sud* die Autobahn zu nehmen, blieben sie auf der *Route nationale*, wie die gut ausgebauten Verbindungsstraßen genannt wurden, bogen kurz darauf auf eine schmale Landstraße ab und fuhren direkt am Meer entlang nach Bages.

Da sie später hierher zurückkommen würden, umrundeten Sie das Örtchen nur und orientierten sich in Richtung Peyriac-de-Mer. Die knapp zweispurige Straße führte hier auf Meereshöhe über schmale Landstreifen und bot grandiose Blicke. Sie genossen schweigend, bis nach einer kleinen Steigung plötzlich ein Schild auf eine Straßensperrung hinwies.

Route barrée stand fett auf einem gelben Schild, das man am Straßenrand aufgestellt hatte.

»Ja, so ein Mist«, entfuhr es Bernard, den den R4 angehalten hatte. »Und jetzt?«

»Lass mich mal schauen«, hörte er von Franz, der schon ausgestiegen war.

Bernard tat es ihm gleich. Beide gingen ungefähr 150 Meter weiter und sahen, dass die Straße wieder leicht bergab führte. Am tiefsten Punkt stand sie auf 100 oder 200 Metern Länge unter Wasser.

»Das Wasser ist höchstens zehn Zentimeter hoch, da kommst du locker durch.«

»Und woher willst du das wissen? Vielleicht sind es 15 oder 20 Zentimeter, dann läuft uns die Soße zu den Türen rein.«

»Von hier sind es keine zwei Kilometer mehr bis zu diesem Étang. Wenn wir umdrehen, müssen wir bis hinter Bages zurück und dann einen ziemlichen Umweg fahren. Kostet uns mindestens 45 Minuten.«

In diesem Moment näherte sich ein Mini Cooper Cabrio, das mit Hurra durch die riesige Pfütze fuhr. Zuerst trauten sie ihren Augen nicht, aber dann registrierten sie, dass das Wasser tatsächlich nur wenige Zentimeter hoch stand. Am Steuer eine attraktive Französin. Sie und ihre Beifahrerin hielten ihnen lachend die hochgestreckten Daumen entgegen.

Sie überwanden die Stelle ebenfalls problemlos. Am anderen Ende der riesigen Pfütze stand ein zögernder Fahrer, der sich nicht traute, die Stelle in der Gegenrichtung anzugreifen, aber Franz und Bernard taten so, als würden sie täglich überschwemmte Straßen befahren und hielten ebenfalls lachend die Daumen in die Luft.

15 Minuten später hatten sie das Auto auf einem kleinen Parkplatz abgestellt. Nach links wies ein Schild auf das nahe gelegene Boulodrome hin, nach rechts ging es zum Rundweg.

Sie hatten zwei kleine Rucksäcke dabei, packten diese und gingen los. Der Weg folgte zunächst einer Art Steg, der in Schlangenlinien über die Saline führte und nach einem guten Kilometer auf das den Teich umgebende Festland traf. Ein paar Hundert Meter weiter kam eine Staustufe in Sicht und der Weg bog halb rechts ab.

Es galt, den ersten Berg zu erklimmen. Obwohl nur 50 Meter Höhenunterschied zu bewältigen waren, forderte die Steigung sie ziemlich heraus. Ganz oben angekommen, hatten sie einen fantastischen Blick über das ganze Gelände.

»Schau mal da hinten, sind das Gleitschirmflieger?«

»Schaut so aus!«

Sie gingen leicht, aber stetig bergab, kamen zur Südseite des Étangs und folgten der Beschilderung zurück zum Ausgangspunkt. Franz hatte einen Hügel im Blick, der sich jetzt anschloss und schlug vor:

»Weißt du was Château, wir latschen hier bis nach oben und dann machen wir Brotzeit. Das dürften ungefähr zwei Drittel der Strecke sein.«

»Sehr einverstanden«, Bernard schwitzte. »Ich werfe noch einen Blick auf die Gleitschirm-Typen, dann komme ich hinterher.«

Franz hatte gewartet und die beiden erstiegen den nächsten Hügel ohne Schwierigkeiten. Sie fanden einen schattigen Platz zwischen halbhohen Kiefern, setzten sich auf einen flachen Felsen und packten ihre Brotzeit aus.

Das tat gut. Ein großartiger Blick bis fast nach Spanien. Ums Eck die Gleitschirm-Flieger. Voraus noch ein kleiner Anstieg und dann gemächlich und stetig bergab zurück zum Ausgangspunkt.

»Weißt du was, Château, du bist echt ein guter Kumpel«.

Bernard wusste nicht, wie er auf das Kompliment reagieren sollte und sagte nur »äääh, danke«.

Und bevor die Situation emotional unangenehm werden konnte, keiner konnte damit gut umgehen, fiel Bernard zum Glück eine Asterix-Frage ein.

»Thema Wandern, mein Lieber. Eines unserer Lieblingshefte ist ja ohne Zweifel ›Tour de France‹. Als Asterix und Obelix aus dem gallischen Dorf zu ihrer Rundwanderung starten, durchbrechen sie eine von den Römern erbaute Palisade, die sie am Verlassen hindern sollte.

Mit welcher Äußerung bestätigen sich die römischen Legionäre gegenseitig, eine Mauer errichtet zu haben, die die Gallier garantiert abhalten würde, das Dorf zu verlassen?«

Franz kannte das Heft aber ebenso gut wie Bernard und die Antwort kam ruckzuck: »Exegi monumentum aere perennius!«

»Ich errichtete ein Bauwerk, dauerhafter als Erz«, übersetzte Bernard und fügte noch ein ›Alle Achtung!‹ hinzu.

Käse und Wurst waren aufgegessen, die Weinflasche leer. Man beschloss, sich wieder auf den Weg zu machen. Ein weiterer, wenig anstrengender Hügel wurde überschritten und schließlich ging es ohne große Gefälle nur noch bergab. Sie erreichten den Parkplatz, warfen die Rucksäcke ins Auto und tranken erst mal jeder einen Liter Wasser.

Pétanque

Die Wanderung war anstrengender und länger gewesen, als sie geglaubt hatten. Sie beschlossen deshalb, ein Päuschen im Schatten zu machen. An den Parkplatz schloss sich ein ungefähr 20 × 30 Meter großes Areal an, das von Bäumen und Bänken umgeben war. Auf allen Seiten wurde die sandige Fläche von ausgedienten Eisenbahnschwellen begrenzt.

Überwiegend Männer standen in mehreren Gruppen beisammen und frönten ihrem Lieblingssport: *Pétanque*. Das Spiel mit den Metall-Kugeln folgt einem komplizierten Regelwerk, ist aber im Prinzip ganz einfach.

Mannschaft A beginnt. Ein Spieler zieht mit einem Stöckchen einen Kreis in den Sand, den für alle verbindlichen Abwurfpunkt. Dann wirft er eine kleine Holzkugel, in Okzitanien nennt man sie *bochon*, manchmal auch *cochonnet* für Schweinchen, mindestens sechs Meter weit, dann eine seiner Kugeln hinterher. Im optimalen Fall rollt diese ganz nahe an das Schweinchen heran.

Team B muss jetzt versuchen, eine Kugel näher als Mannschaft A ans Ziel, das Schweinchen, zu bringen. Das kann durch gekonntes Werfen geschehen oder, sehr beliebt bei allen Pétanque-Spielern, durch das Wegschießen des Gegners. So wird abwechselnd weiter gespielt. Sind alle Kugeln geworfen, erhält diejenige Mannschaft so viele Punkte, wie sie Kugeln näher als die andere am Ziel liegen hat. Wer zuerst 13 Zähler erreicht, gewinnt die Partie.

Bernard und Franz hatten sich auf eine Bank gesetzt und beobachteten die Spieler, die sich mit ›*impeccable, tirer ou pointer?, merde un bec, une casquette*!‹ in einer für die beiden schwer verständlichen Sprache unterhielten. Ziemlich häufig verließ jemand das Feld und kam mit einem neuen Glas kaltem Rotwein zurück.

»So, jetzt bin ich dran«, unterbrach Franz Bernard beim Zusehen. »Mal wieder passend zur Situation: Der Dicke da drüben hat vorhin ›tirer ou pointer?‹ gerufen. So viel ich weiß, auf Deutsch in etwa ›werfen oder rollen, also wegschießen oder hinlegen? Genau diese Szene gibt es im Asterix-Heft ›Tour de France‹. Vor einer Kneipe wird gespielt und einer sagt: ›Also, werfen oder rollen? Wie heißt die Kneipe, wie der Besitzer?«

»Oi«, entfuhr es Bernard, »da muss ich überlegen«. Er wusste, dass sich die Szene in Marseille abspielte. Eine Gruppe Pétanque-Spieler hielt durch eine längere Diskussion, ob so oder so gespielt werden sollte, die Römer auf, die Asterix und Obelix verfolgten.

Er wusste auch, dass der Besitzer Cäsar hieß, Cäsar Kneipix, aber der Name der Kneipe?

»Ich hätte gern einen Aufschub, sagen wir bis morgen?«

»Einverstanden«.

Mit dieser ehrenwerten Absprache begruben sie für einige Zeit das Thema Asterix und wandten sich wieder dem Spielfeld zu.

Da an einer abgelegenen Ecke niemand spielte, packten sie Bernards Kugeln aus und versuchten sich, so gut es ging im *Pétanque*. Es machte Spaß und nach vielen Würfen und noch mehr Gläschen war es Zeit, das Abendessen anzugreifen.

Das Lokal entpuppte sich als absolut empfehlenswert. Man musste zwar das Auto ein gutes Stück entfernt parken und anschließend etliche Höhenmeter überwinden, aber feines Essen, großartiges Panorama und die sehr aufmerksame Bedienung entschädigten reichlich. Sie hatten mit Glück einen Platz direkt am Fenster bekommen. Der einzige Zweiertisch, den es gab. Das Fenster war genauer gesagt eine verglaste Front über mehrere Meter Breite, die fantastische Blicke auf den weit unten liegenden *Étang de Bages* bot.

Mit dem großen Menü für 33 Euro, einer Platte verschiedener Meeresfrüchte, Ravioli mit Langusten, Seebarsch im Blätterteig, großer Käseplatte und einem Feigensorbet beendeten sie den Ausflug stilvoll.

»Weißt du was, Franz, wir könnten Pauline noch einen Besuch abstatten. Heute ist Sonntag, da hat sie frei. Sie kümmert sich garantiert um ihren kleinen Garten und ich habe ihr schon lange versprochen, ein paar Gläser selbstgemachte Orangenmarmelade vorbeizubringen«.

»Die Polizei hat bei euch am Sonntag frei?«

»Ja, warum?«

»Weil dann die bösen Buben am Sonntag ungestört einbrechen können und so weiter, oder nicht?«

»Ach Franzl, da merkt man wieder, dass du vom Landleben in Frankreich keine Ahnung hast. Hier lassen die Leute die Türe offen, wenn sie zum Bäcker gehen. Einbrechen tut deshalb noch lange niemand«.

»Ah so, aber der Bäcker arbeitet am Sonntag?«

»Ja klar. Dafür hat er am Montag Ruhetag. Ist doch logisch«.

Franz kratzte sich am Kinn. So ganz kapierte er die ›Logik‹ nicht, aber egal.

»Von mir aus gern, Château. Vielleicht weiß sie ja was Neues in der Sache mit euerem Bürgermeister«.

»Das war auch mein Hintergedanke«.

Sie sprangen kurz in den Pool, Franz schlüpfte in ein frisches Hemd und rollte die Ärmel gekonnt herauf, packten zwei Gläser Marmelade in eine Tüte und fuhren los.

Wie vermutet, war Pauline zu Hause. Zusammen mit ihrem Kater saß sie im Garten auf ihrem Lieblingsplatz, einem uralten Bettgestell aus Eisen, wo sie es sich auf dicken Decken und Kissen gemütlich gemacht hatte. Als die beiden am Gartentor nach ihr riefen, legte sie die Zeitschrift beiseite, in der sie geblättert hatte und antwortete mit einem herzlichen ›Allez!‹

Sie freute sich sehr über das Mitbringsel und bot den beiden etwas zu trinken an. Auf einem kleinen Tischchen standen eine Flasche mit Sirup und eine mit Wasser. Wie viele Franzosen mixte auch sie sich gerne ein großes Glas Zitronen-, Grapefruit- oder Limetten-Saft aus Sirup und stillem Wasser zusammen.

»Na Pauline, was gibts Neues auf der Welt?« Bernard begann vorsichtig zu stochern.

»Mensch Bernard, jetzt tu nicht so scheinheilig. Du willst doch sicher wissen, ob ich dir was zu Rémy sagen kann«.

Bernard errötete leicht, fing sich aber schnell und gab zu: »Ja, du hast recht. Gibts denn was Interessantes?«

Sie erzählte Ihnen, dass sie zwar unermüdlich recherchiert hätten, aber sämtliche Hinweise und Spuren, die sie verfolgt hatten, hätten ins Leere geführt. Sie konnten den Zeitpunkt, an dem der Bürgermeister verschwunden war, auf Sonntag sehr früh morgens eingrenzen. Claire Sardou, die Frau des Optikers, hatte bestätigt, dass er bei ihr übernachtet hätte. Ihr Mann sei, wie sie wüssten, nicht zu Hause gewesen und deshalb …

»hatten die beiden prima Zeit zum Vög …« hier unterbrach Bernard den wilden Franz barsch, indem er zuerst einen Hustenanfall vortäuschte und dann ablenkte: »Hat denn die Untersuchung der Leiche nichts ergeben?«

»Unter uns, Bernard, er starb durch Gewalteinwirkung auf Genick und Hinterkopf. Als er von dem Spaziergänger, genauer gesagt von dessen Hund entdeckt wurde, war er bereits 26 Stunden tot. Da er sonntags frühmorgens noch gelebt hat und am Sonntag eine Woche später gefunden wurde, ist er irgendwann am Samstag ums Leben gekommen.

Die große Frage ist jetzt: Wo war er von Sonntag früh, als er das Haus von Claire verließ, bis Samstagmittag, also fast eine ganze Woche lang?«

»Da ihn niemand gesehen hat, bietet sich die Vermutung an, dass er irgendwo eingesperrt war«, mutmaßte Franz.

»Oder er ist in einen alten Brunnenschacht gefallen oder in ein …«

»Blödsinn! Wäre ihm so etwas passiert, hätte er einige Tage nichts zu essen gehabt und das hätte man sicher festgestellt, oder Pauline?«

Bernard konnte der Theorie nichts abgewinnen. Versehentlich in eine Felsspalte gestürzt, hielt er für an den Haaren herbeigezogen.

Pauline bestätigte ihn, indem sie sagte: »Da liegst du richtig, mein Freund. Ich kann dir keine Details verraten, aber er hatte was im Magen, als er das Zeitliche segnete.«

Bernard beschloss, Pauline ihre neuesten Beobachtungen und Schlüsse mitzuteilen. Er erzählte ihr von seiner Internet-Recherche und dass er einen Artikel über den Golfplatz-Bau gefunden hatte, in dem der Bürgermeister den Bau von Dämmen und Überlaufbecken zugesagt hatte.

Auch wies er sie auf den Abschnitt hin, in dem von den großen Überschwemmungen berichtet wurde und dass ihrer Meinung nach Eric einer der Hauptbetroffenen gewesen sein musste.

Er versicherte ihr, es seien nie irgendwelche Maßnahmen gebaut worden, um das Wasser der Aude im Falle starken Regens zu kanalisieren oder abzuleiten. Sie wären öfters am Golfplatz gewesen und hätten sich umgesehen.

Und er ließ nicht unerwähnt, dass Franz zufällig Zeuge der Szene zwischen Eric, dem Winzer und Rémy, dem Bürgermeister geworden war und dass sie den Eindruck hatten, die beiden hätten noch ein Hühnchen miteinander zu rupfen gehabt.

»Das klingt interessant, kannst du gleich morgen mal aufs Revier kommen? Erstaunlich, dass unsere Profis das nicht herausgefunden haben!«

»Klar, selbstverständlich. Wenn es euch hilft«

»Perfekt!«

Die beiden verabschiedeten sich und machten sich auf den Weg zurück nach St. Joseph. »Hast du herausgebracht, wie die Kneipe heißt«, wollte Franz wissen, aber Bernard schüttelte nur den Kopf.

Er hatte überlegt, sich das Gehirn zermartert. Alles Mögliche war ihm eingefallen. In Britannien gibt es das Wirtshaus ›Zum lachenden Wildschwein‹, im Band Kupferkessel betreiben die Piraten eine Taverne mit dem Namen ›Zum gestrandeten Piraten‹, in Spanien machen Asterix und Obelix beim ›Zum zufriedenen Touristen‹ Pause, aber die Kneipe in Marseille?

Er gestand die Niederlage ein und als Franz ›Schiffertaverne‹ sagte, hieb er sich mit der flachen Hand auf die Stirn. »Ich Hornochse, natürlich!«

Radlerinnen

Sie hatten den Nachmittag im Garten verbracht und Bernard hatte Franz ein paar Nachhilfestunden erteilt. Was das Gärtnern betraf, hatte dieser keine große Ahnung.

»Schau mal, hier geht es zum *potager*.«

»Hä?«

»Gemüsegarten.«

»Hmmm.«

Sie gingen rund 30 Meter zwischen der Hecke, die das Grundstück umschloss, und gewaltigen Zypressen hindurch. An einem uralten Granatapfelbaum vorbei, streiften den Lieblings-Sitzplatz von Anette unter einer majestätischen Olive und erreichten einen Gartenschuppen aus grauem Metall.

Daneben schloss sich der erste Gemüsegarten an. Auf sechs mal drei Meter wuchsen in drei Beeten Chilis, Stangensellerie, Fenchel, Zwiebeln, Artischocken, Borretsch, dessen blaue Blüten Anette gerne als Salat-Dekoration verwendete und verschiedene Kräuter.

»Mann, da habt ihr ja ordentlich was zu tun«, seufzte Franz.

»Och, das geht schon. Wenn du jeden Tag ein bisschen pflegst, ist es gar nicht so viel Arbeit«.

Sie marschierten weiter in die andere Ecke des Grundstücks. Ein noch junger Feigenbaum, ein Pfirsich, eine Aprikose, Wein,

Beerensträucher und zwei Mandelbäume wollten bewundert werden. Franz wurde es ganz schwummrig bei Bernards ausschweifenden Erläuterungen. Er hatte längst den Überblick verloren. Am Gemüsegarten Nummer zwei nahm er das Gesagte kaum noch wahr. »Tomaten, Karotten, Zucchini, nochmals Artischocken, Thai-Basilikum und da hinten wachsen …«

»Okidoki, lieber Château, das war sehr aufschlussreich, aber jetzt brauche ich erst mal …« Sein Satz wurde durch das laute ›Kling-Klong, Kling-Klong‹ einer Fahrradklingel unterbrochen.

Bernard runzelte die Stirn. Kam die Post jetzt schon mit dem Fahrrad? Standen schon wieder Touristen vor der Tür, die sich hoffnungslos verfahren hatten? Galt das überhaupt ihm?

›Kling-Klong, Kling-Klong‹.

Er beschloss, nachzusehen und schritt in Richtung des großen Eisen-Portals. Er glaubte, seinen Augen nicht zu trauen. Die Luft blieb ihm weg und die Worte im Hals stecken: »Ja, was macht ihr denn hier? Hannah? Nicole? Ähhh …«

Hannah und Nicole kannte er aus gemeinsamen Jahren im Würmtal. Im Gegensatz zu Hannah, die sich ihr tägliches Brot als Yoga-Lehrerin verdiente, hatte Nicole vor vielen Jahren in einem renommierten Verlag am Starnberger See angeheuert. Er fragte sich immer, wie man als Yoga-Tante, wie er sie nannte, seinen Lebensunterhalt bestreiten kann. Aber Hannah war äußerst geschäftstüchtig, hatte eine erfolgreiche App herausgebracht und einige Tausend Abonnenten.

Nicole hatte nach Stationen im Vertrieb, in der Herstellung und im

Kundenservice das Angebot angenommen, als Vertreterin zu reisen. Jetzt konnte sie sich zwischen den Verkaufsperioden der im Frühjahr und im Herbst neu erscheinenden Bücher ihre Zeit recht frei einteilen.

Wie der Zufall so spielt, hatte Anette Hannah bei einem Yoga-Seminar kennengelernt, Nicole war Bernard bei der Vorstellung eines brandneuen Weinführers ihres Verlages begegnet.

Anette hatte schon einige Kurse gebucht und fand Hannah sehr sympathisch. Als Anette sie eines Tages zu einem Glas Wein einlud, hatte diese gefragt, ob sie ihre beste Freundin mitbringen könne. Nicole hätte sich vor kurzem von ihrem Freund getrennt und wohne im Moment bei ihr. Sie wolle sie ungern alleine lassen.

Bernard war einverstanden. Wenn er es nicht gewesen wäre, hätte Anette Hannah erst recht eingeladen. Aber er war ja insgesamt ein verträglicher Zeitgenosse. Als die beiden dann vor der Tür standen, war Bernard baff. Mit allem hätte er gerechnet, aber nicht damit, Nicole in Hannahs Begleitung wiederzusehen. Man verstand sich prächtig, obwohl die beiden gerade mal halb so alt waren.

»Salut Bernard, wie gehts, wie stehts?«

»Sehr gut, danke. Aber wie …?«

»Ganz einfach«, lachte Hannah, »ich habe ein größeres Projekt abgeschlossen, mehrere Videos zu meinen Yoga-Kursen und so, du weißt schon. Und Nicole muss erst in drei Wochen mit der Herbstreise beginnen. Da wir einen sportlichen Urlaub ohne Männer und abseits vom Rummel machen wollten, sind wir mit dem Auto, den Rädern, Zelt und Taschen bis nach Turin gefahren.

Dort haben wir die Räder bepackt und uns auf den Weg zur spanischen Grenze gemacht.«

Bernard staunte. »Wie viele Kilometer sind das?«

»Ungefähr 700«, antwortete Nicole. »Wir sind jetzt seit 12 Tagen unterwegs.«

Bernard hatte das überraschte Gesicht gegen ein erfreutes eingetauscht und die beiden lachend umarmt. Mit Küsschen links-rechts-links bat er sie, die Räder abzustellen und ihn auf die Terrasse zu begleiten.

Auch Franz war näher gekommen, wurde vorgestellt und ließ es sich ebenfalls nicht nehmen, ein paar Küsschen auszutauschen, wobei er Nicole ziemlich lange an sich drückte, was ihm einen grantigen Seitenblick von Bernard einbrachte.

Als guter Gastgeber verschwand dieser umgehend in der Küche, um nach wenigen Minuten mit einem Tablett voller Leckereien zurückzukommen. Drei kleine Gläser, randvoll mit Oliven-, Tomaten- und Paprikapaste, ein großes Baguette, Weintrauben, Mandeln, Oliven und roher Schinken. Dazu eineMineralwasser und eine eiskalte Flasche Blanquette de Limoux.

Er füllte vier Gläser und sie stießen an. »Jetzt müsst ihr mir aber mehr über euere Tour erzählen.«

»Da gibts eigentlich gar nicht so viel zu berichten«, begann Hannah und Nicole fuhr fort: »Wir haben für die Rückreise ab Perpignan, also kurz vor der Grenze nach Spanien ein Auto gemietet, das wir ohne Probleme in Turin zurückgeben können. Normalerweise kostet das grenzüberschreitende Mieten ein Schweinegeld, aber aus einem uns unbekannten Grund hatten die ein Super-Sonderangebot auf Lager.«

»Da uns unsere Fahrrad-App an der Küste entlang über Narbonne Plage geführt hat, haben wir beschlossen, den Abstecher zu euch zu machen. Wo ist denn eigentlich Anette?«

Als sie erfuhren, dass Anette noch bis Ende der Woche in München war, meinten sie nur: »Oh Shit, wenn wir das gewusst hätten.«

Eigentlich hatten sie vor, auf dem einzigen Campingplatz weit und breit in Sallèles d'Aude zu übernachten, aber als Bernard anbot, sie könnten eine Runde schwimmen und ihr Zelt im Garten aufschlagen, waren sie sofort einverstanden. Er wolle dann später schauen, was er noch alles im Kühlschrank finden würde und eine Kleinigkeit zubereiten.

Vom Küchenfenster aus sah er, wie die Augen des wilden Franz leuchteten, der Nicole zusah, wie sie im knappen weißen Bikini mit schwarzen Punkten ins Wasser hechtete. Er ahnte nichts Gutes.

Sie hatten gegessen, geplaudert, gelacht. Franz war auffallend um Nicole bemüht, was weder Hannah noch Bernard entgangen war. Aber als die dritte Flasche Rosé ausgetrunken war, verabschiedeten sich die sportlichen Damen und zogen sich in ihr Zelt zurück.

Perpignan

»Wie schaust du denn aus?«

»Ach, lass mich in Ruh'!«

»Irgendwie derangiert. Und leicht humpeln tust du auch. Und du hast eine Schramme auf der Stirn«.

»Jaa, ist ja schon gut.«

Da sie sehr früh nach Perpignan aufbrechen mussten – Franz hatte einen Termin beim *Centre Porsche* gleich morgens vereinbart, um die neuen Vorderreifen montieren zu lassen – war beiden das vom Wecker unterbrochene Ausschlafen anzusehen. Franz allerdings deutlicher als Bernard.

Bernard hatte mit Hannah und Nicole vereinbart, sie sollten einen Ruhetag auf der Domaine verbringen, schwimmen und in der Sonne liegen. Das Haus sei zwar abgesperrt, der Alarm aktiviert, aber das Poolhaus sei offen. Dort gebe es einen gut gefüllten Kühlschrank. Wenn sie Durst oder Hunger hätten, wüssten sie ja, wo sie etwas finden könnten. Am Nachmittag seien sie wieder zurück.

Franz drückte auf den Anlasser-Knopf, startete seinen Renner und fuhr äußerst vorsichtig vom Grundstück auf den Kiesweg, der zur Landstraße führte. Er wich einem brutalen Schlagloch aus, über das er sich schon seit mehreren Tagen ärgerte. Man sah ihm die Angst an, der Reifen könne plötzlich platzen oder irgendwie kaputtgehen. Auf der Autobahn wäre das eine besonders unangenehme Situation.

»Sag doch mal, warum du so zernudelt aussiehst!«, Bernard ließ nicht locker. »Schlecht geschlafen?«

Franz grunzte ein ›Blödmann‹ vor sich hin und schwieg.

»Na gut, dann frag' ich halt Hannah aus, wenn wir zurück sind«, gab Bernard zurück.

»Meine Fresse, du kannst aber echt brutal nerven! Da gibts nichts Besonderes zu erzählen«.

»Dann erzähl' mir halt das nicht Besondere!«

Es ging noch ein paar Minuten hin und her, bis Franz plötzlich zugab: »Mein Gott, die Kleine gefällt mir halt. Und wer nicht wagt, der nicht gewinnt. Aber das ist dir sicher fremd.«

Und nach einer längeren Pause knisternder Stille: »Ich hab' mich ans Zelt gekniet, gehüstelt und gefragt, ob sie noch ein Gläschen Blanquette mit mir trinken und sich ein wenig unterhalten möchte, aber sie wollte nicht. Also bin ich wieder aufgestanden, um ins Bett zu gehen. Dabei gibt mein linkes Knie leicht nach, ich mache einen großen Ausfallschritt nach vorne, um mich abzufangen und stolpere über eines dieser blöden Fahrräder, die neben dem Zelt stehen.«

»Du bekommst Übergewicht nach vorne. Bei deiner Figur ja keine Kunst. Schlägst der Länge nach hin und pflügst durchs Gras«, Bernard konnte vor Lachen kaum weiter sprechen.

»Danke für dein Mitgefühl!«

Bernards Kopf färbte sich rot, so musste er lachen. Er konnte sich gar nicht mehr beruhigen. »Super-Franz, der alte Süßholzraspler macht einen Bauchklatscher. Herrlich!«

»Blödmannsgehilfe!«

»Von der Dame abgewiesen, haut's Casanova in die Wiesn«.

Hier war es endgültig vorbei mit Bernards Selbstbeherrschung, er lachte und lachte und die Tränen liefen ihm übers Gesicht.

Sie hatten Narbonne umrundet und die Autobahn in Richtung Barcelona genommen. Das Navi nannte eine Fahrzeit von 48 Minuten für 65,7 Kilometer. Neben einem grinsenden Bernard saß ein finster dreinschauender Franz.

»Jetzt komm', lach mal wieder! Mein Gott, genauso störrisch wie der kleine Pepe bei ›Asterix in Spanien‹. Fehlt nur noch, dass du die Luft anhältst, bis du deinen Willen kriegst.«

Franz konnte ein leichtes Schmunzeln nicht unterdrücken. Wahrscheinlich sah er sich gerade selbst mit vom Luftanhalten hochrotem Kopf vor Nicoles Zelt sitzen und sagen ›ich halte jetzt so lange die Luft an, bis du ein Glas Schaumwein mit mir trinkst!‹

Sie durchquerten *Fitou* und streiften *Rivesaltes*, zwei Gebiete, die Namensgeber bekannter Weine der Region sind, sahen links das Meer leuchten und nach einer lang gezogenen Linkskurve kam plötzlich der *Canigou* ins Bild. Mit 2.785 Metern ist der östlichste Berggipfel der Pyrenäen ein markanter Punkt, weithin sichtbar, majestätisch aufragend.

»Wahnsinn, da muss ich irgendwann mal rauf«, Franz war

begeistert.

»Vergiss es«, antwortete Bernard. »Der Aufstieg ist nur bei sehr guten Wetterbedingungen und nur von Juni bis September möglich. Selbst wenn du dich mit einem Jeep für einen Haufen Sesterzen bis an den höchstmöglichen Punkt chauffieren lässt, hast du noch mehr als 600 Höhenmeter, also mindestens zwei Stunden anstrengenden Aufstieg vor dir. Da müsstest du erst mal ordentlich was für deine Kondition tun«.

Sie kamen am winzigen Flughafen von Perpignan vorbei und folgten den Anweisungen des Navigationsgerätes, bis sie in einer Ecke der Stadt landeten, wo es offenbar ausschließlich Autohändler gab.

Porsche, Volkswagen, Fiat, Toyota, Mazda, Peugeot, Mitsubishi, Audi und Mercedes hatten hier Niederlassungen. Zwischendrin gab es einen großen Harley-Davidson-Shop, in einiger Entfernung konnte man die Werbetafel einer bekannten Burger-Kette erkennen.

Franz bog auf den Parkplatz des Porsche-Händlers ein und stellte erleichtert seinen Macan ab.

»Puuh, das wär' ja gerade noch mal gut gegangen. Zum Glück hat der Reifen gehalten!«

Sie betraten das spiegelblank geputzte Gebäude, in dem eine Klimaanlage für angenehm kühle und trockene Luft sorgte und wurden von einer hinreißend gut aussehenden jungen Frau namens Adeline in Empfang genommen. Franz schmolz buchstäblich dahin und Bernard dachte im Stillen, dass das ein genialer Schachzug der Niederlassung war.

Nörgeln oder sich beschweren würden den männlichen Kunden bei diesem Anblick sicher schwerfallen.

Franz nahm Platz und klärte mit der Mitarbeiterin die Details, während Bernard umherschlenderte und in ausliegenden Prospekten aller möglichen Porsche-Modelle blätterte. An einer Wand hing ein großer Flachbildschirm, davor gab es eine Sitzgruppe, auf einem Schränkchen stand ein Kaffeeautomat. Auf dem Monitor liefen Videos von vergangenen Le-Mans-Rennen. Bernard staunte über die flachen Renner mit ihren riesigen Heckflügeln.

Im eher kleinen Verkaufsraum standen verschiedene blitzblanke Modelle. Bernard stellte sich vor, wie Adeline jeden Morgen mit einem Staubwedel zwischen den Autos hindurch schritt und jedes noch so kleine Staubkorn weg wedelte. Franz hätte sich die schlanke Schönheit wahrscheinlich in High Heels und …

»He, träumst du, oder was?«

Franz riss ihn aus seinen Vorstellungen, deutete auf seine Armbanduhr und sagte: »Das Auto ist in einer guten Stunde fertig. Der flotte Käfer am Empfang hat mir ein Café in der Nähe empfohlen, wo man ausgezeichnet frühstücken kann. Was die Frösche halt so unter Frühstück verstehen. Komm!«

Bernard rollte mit den Augen, folgte ihm aber in Richtung Ausgang. Den flotten Käfer ließ er noch gelten, aber die Angewohnheit von Franz, die Franzosen ganz allgemein als Frösche zu bezeichnen, mochte er nicht. Franz hatte ihm mal erklärt, wer Frösche isst, müsse sich auch so nennen lassen.

»Du immer mit deinen Ausdrücken!«

»Oh, der Herr Empfindlich. Mensch, sei locker, ich hätte das Mädel ja auch Sahneschnitte nennen können und die Franzosen Froschfresser. Dann hättest du eventuell Grund dazu gehabt, wie Angela mit den Augen zu rollen. Hab' ich aber nicht und jetzt gibt es zuallererst *café au lait* und *pain au chocolat*!«

Dabei sprach er das mit dünnen Schokoladenstäbchen gefüllte Grundnahrungsmittel der Franzosen wie ›päng-o-schockolá‹ aus, was Bernard eine gewisse Bewunderung entlockte, klang es doch fast so, als hätte ein waschechter ›Perpignanais‹ gesprochen.

Sie hatten jeder zwei *Cafés au lait* und zwei *Pains au chocolat* vernichtet und das Frühstück mit einem *Pastis* abgerundet, waren gemütlich zum Porsche Center zurückmarschiert und saßen jetzt in flauschigen Sesseln. Sie warteten auf die Mitteilung, dass das Auto fertig sei, als ein braun gebrannter Herr in blauem Anzug, weißem Hemd und hellbraunen Lederschuhen auf sie zukam.

»Meine Herren, es tut mir leid, aber es wird noch etwas dauern.«

Franz wollte schon aufbrausen, als der freundliche Franzose sagte: »Wir haben versucht, Sie auf dem Handy zu erreichen, aber das war nicht möglich, denn sie haben das Telefon im Auto liegen lassen.«

Franz klopfte sich hektisch auf alle Taschen und musste zerknirscht zugeben: »Scheiße, ja.«

»Wir mussten die Motorhaube öffnen und dabei ist uns aufgefallen, dass ein Kabel angefressen war. Wahrscheinlich von Mäusen. Wir haben es ersetzt, ohne Sie vorher zu fragen, aber das hat fast eine halbe Stunde gedauert. Wenn Sie einverstanden sind, berechnen wir nur den halben Preis und geben Ihnen noch ein Spray gegen Nagetiere mit?«

Bernard nickte, stammelte ein ›Oui‹ und schon war der freundliche Franzose wieder weg.

»Na gut, dann schau' ich mir mal an, was sie für Kisten hier so rumstehen haben.«

Sagte es und ließ Bernard allein. Auf dem Hof parkten mehrere Fahrzeuge, bei denen Franz große Augen bekam. Unter anderem ein hellblauer 911 Speedster, ein orangefarbener 911 GT2 RS, ein schwarzer 911 Targa. Ganz besonders hatte es ihm aber ein dunkelblauer 911 Turbo mit elfenbeinfarbigen Ledersitzen angetan.

Das Verkaufsschild nannte die wesentlichen Details: 3.3 Liter Turbomotor, 300 PS, Baujahr 1986, 126.400 km. Preis: 135.000 Euro.
Als Kenner erkannte er an der in die Frontschürze integrierten Scheinwerfer-Reinigungsanlage, dass es sich um die zweite Version des sogenannte ›G-Modells‹ handelte. Ein Fahrzeug, das zu seiner Zeit der stärkste je gebaute Serienporsche war.

Er kam zurück in den Verkaufsraum, baute sich vor der Glastüre des Büros des für den Verkauf zuständigen Mitarbeiters auf und signalisierte sein Interesse. Kurze Zeit später fachsimpelten die beiden auf Englisch über das Fahrzeug im Hof. Franz ließ sich einige Seiten aushändigen, die ihm freundlicherweise ausgedruckt worden waren, steckte die Karte des Mitarbeiters, eines gewissen Georges Coulibeuf ein und kam auf Bernard zu.

»Weißt du was Château, wir fahren jetzt eine Runde ins Gebirge.

Erstens hab' ich Lust, aufs Gas zu drücken und zweitens muss ich dir was erzählen. Der Typ hat mir eine Strecke Richtung Font Romeu empfohlen, das ist ein Skigebiet, die wäre gut ausgebaut, aber ziemlich kurvig.«

»Ich kenne Font Romeu, da war ich mit Anette letztes Jahr, als wir Skilaufen gehen wollten. Ist aber eher ein Rentnerhang am anderen.«

»Na, dann passt es ja.«

»Depp! Wir können's beide immer noch sehr gut, deshalb sind wir ein Tal weiter gefahren. Nach Les Angles. Da gibt es steilere Hänge und anspruchsvollere Pisten.«

Sie verließen Perpignan in westlicher Richtung, den majestätischen *Canigou* immer im Blick und passierten etliche kleine Dörfer. Die schmale Straße führte stetig bergauf. Sie forderte von einem sportlichen Fahrer mit ihren engen Kurven und teilweise ruppigem Fahrbahnbelag höchste Aufmerksamkeit. Franz war in seinem Element. Er hatte von automatisch auf manuell umgeschaltet und wechselte die Gänge mittels zweier Schaltwippen am Lenkrad. Der Sechszylinder röhrte dank Sportauspuff kernig, aber der Wagen lag wie ein Brett auf der Straße.

Einen kurzen Moment überlegte Bernard, ob er vielleicht seinen R4 ... nein, nie im Leben würde er seine geliebte GTL für so einen Kübel verraten.

Als sie Font Romeu erreicht hatten, schlug Bernard vor, nach Les Angles abzubiegen, da er die Strecke gut kannte. Sie könnten in einem großen Kreis nach Perpignan zurückfahren. Außerdem kannte er in Les Angles einige brauchbare Restaurants und da es inzwischen Mittag war, hatte auch Franz nichts gegen eine Pause und eine Kleinigkeit zu essen einzuwenden.

»Jetzt erzähl' endlich! Was gibts denn so Spannendes?«

Sie waren einem Hinweisschild gefolgt und zu einer Brasserie gefahren. Unter einem Vordach saßen überwiegend Einheimische und Handwerker. Ein gutes Zeichen.

Franz lehnte sich zurück, nahm einen Schluck von seinem Bier und fing an: »Auf dem Hof der Porsche Niederlassung steht ein 3.3 Liter Turbo 911er, Baujahr 1986. Ein seltenes und gesuchtes Modell. Nicht umsonst verlangen sie 135.000 Euro dafür. Ich geh' also zu dem Fuzzy vom Verkauf und quetsch' ihn aus. Was glaubst du, erzählt er mir?«

»Mach es nicht so spannend, Mann!«

»Sein Kollege hat das Auto vor einem Jahr einem seltsamen Typen abgekauft. Einem nicht sehr gesprächigen Kerl, der sich mit dem Wagen gar nicht richtig auskannte. Kam mit einem Jeep samt Anhänger angetuckert, den Porsche hinten drauf. Es sah auf den ersten Blick gut aus, war aber stark beschädigt, ist wohl mal aus der Kurve geflogen und im See gelandet. Zumindest war es wegen des Wassereintritts in Koffer-, Motor- und Innenraum kaum mehr zu gebrauchen. Aber es war ihm wohl zu teuer, es instand setzen zu lassen.«

»Ja und?«

»Jetzt kommt's! Bei der Restaurierung haben sie unter anderem

157

einen blau-weiß-roten Rallye-Streifen von der Motorhaube gekratzt und genau so eine Karre hat doch dieser Eric gefahren, oder?«

»Stimmt! Er hatte die Tricolore in der Mitte der Motorhaube auf das Auto geklebt, mittendrin eine runde Fläche mit einer Zahl, 62 glaub' ich. Du denkst, sein wertvoller Porsche ist damals bei der brutalen Überschwemmung abgesoffen?«

»Genau!«

»Und weil er letztendlich den Bürgermeister dafür verantwortlich macht, rächt er sich eines Tages an ihm.«

»Wie sah der Typ denn aus, der das Auto verkauft hat?«

»Das hab' ich auch gefragt, aber der Kollege, der den Deal damals abgewickelt hat, ist nach Clermont-Ferrand in eine größere Filiale gewechselt.«

»Sollte dieser bestätigen können, dass es Frank Zappa war, hätten wir Motiv und ausreichend Verdachtsmomente, oder?«

»Allerdings!«

»Dann lass' uns schnellstmöglich Pauline aufsuchen, das wird sie sicher interessieren.«

Voller Motivation machten sie sich auf den Heimweg, kauten die ganze Geschichte wieder und wieder durch und wurden sich immer sicherer, dass Eric alias Frank Zappa in die Sache verwickelt war, den Bürgermeister vielleicht sogar auf dem Gewissen hatte.

Auf dem Rückweg ließ Bernard Franz bei *Grand Frais* anhalten, einem Supermarkt, der hauptsächlich frische Produkte im Angebot hatte. Supermarkt wollte Bernard das Geschäft nicht nennen, denn es gab weder Töpfe und Pfannen noch Toilettenpapier, keine Glühbirnen, keine Schulhefte und auch kein Regal mit Spielzeug.

Dafür Obst und Gemüse in reichlicher Auswahl, verschiedenste Sorten Butter, Käse, Joghurt, Fisch, Fleisch und Wurst. Der Laden war klug konzipiert und verzichtete auf Frischetheken, wo man sich ein Stück Entrecôte hätte abschneiden lassen können. Man arbeitete unsichtbar im Hintergrund, füllte pausenlos die Regale mit frisch verpackter oder auch eingeschweißter Ware auf und sparte sich dadurch teures Bedien-Personal.

Um den radelnden Damen ein richtig gutes Essen bieten zu können, entschied sich Bernard für Kartoffeln, Sahne, Bohnen, Zwiebeln, Paprika, Zucchini, Speckstreifen, zwei dünne Bratwürste, eine Ananas und vier Entrecôtes mit zusammen eineinhalb Kilogramm.

Kartoffeln und Sahne wollte er mit Butter und einer Spur Knoblauch zu einem Kartoffelgratin verarbeiten, die Bohnen sollten vorgegart und mit Speckstreifen umwickelt werden, der schließlich in der Pfanne noch knusprig gebraten werden sollte.

Auf lange Holz-Spieße wollte er abwechselnd Paprika, Zucchini, Zwiebeln und Ananas stecken. Ein Stückchen Bratwurst ganz am Ende war dazu da, das Abrutschen von Gemüse und Obst zu verhindern.

Die Entrecôtes sollten Franz anvertraut werden, der sich zu einem guten Grill-Chef entwickelt hatte. Außerdem hätte er dadurch was zu tun und hoffentlich weniger Zeit, Nicole anzuschmachten.

Der wilde Franz machte heute seinem Namen aber keine Ehre. Ganz im Gegenteil. Er hielt bei einem kleinen Blumengeschäft und erstand zwei orangefarbene Rosen, die er den Damen mitbringen wollte.

»Weißt du was Château, man muss Niederlagen auch einstecken können!«, grinste er und trat aufs Gas, dass der Wagen einen Satz nach vorne machte.

Bebelle

Hannah und Nicole hatten schon kurz nach Sonnenaufgang ihre Sachen gepackt und ihre Räder gecheckt. Nach einer herzlichen Verabschiedung, Bernard winkte ihnen mit einem Taschentuch hinterher, Franz sah Nicole etwas enttäuscht nach, verschwanden sie im Grün der hochgewachsenen Rebzeilen.

»Höchste Zeit, Pauline und ihre Kollegen zu informieren!« Bernard pikste Franz mit dem Finger in die Rippen. »Trink' deinen Kaffee aus und komm'!«

Die ganze Truppe hatte sich versammelt. Aufmerksam hörten sie sich die Geschichte von Erics Porsche an, falls es tatsächlich seiner war. Ab und zu machte sich einer der Kollegen Notizen. Man unterbrach die beiden nicht, sondern ließ sie zu Ende erzählen. Nach einer Pause, man hörte förmlich die Gehirne arbeiten, räusperte sich der Polizist mit dem militärischen Haarschnitt.

»Vielen Dank, meine Herren, ich bin mir sicher, dass Sie uns sehr geholfen haben, sollten sich die Präsumtionen bewahrheiten. Wir haben Ihre wirklich erstklassigen Recherche-Ergebnisse in puncto Golfplatzbau, vernachlässigte Schutzwälle, Überschwemmung etc. nachverfolgt. Ihre Schlussfolgerungen sind durchaus konkludent.

Ich bin leider nicht befugt, Ihnen weitere Details zu nennen. Aber es haben sich partout Verdachtsmomente ergeben. Wir werden selbstverständlich den Mitarbeiter der Verkaufsabteilung des *Centre Porsche Perpignan*, der inzwischen in Clermont-Ferrand arbeitet, umgehend befragen. Dann werden wir Sicherheit haben, ob es sich bei dem Verkäufer des Fahrzeugs um Herrn Eric Tavernier handelt.

Eine anschließende Befragung hier auf dem Revier ist vorgesehen, wir werden den Herren bitten, uns zu besuchen.«

Franz fand den Typen und seine Ausdrucksweise affig, obwohl er kaum etwas verstanden hatte. Was für ein Zipfel, dachte er sich. Wichtigtuer hoch drei. Er stupste Bernard an und flüsterte ihm etwas ins Ohr, was dieser übersetzen solle.

»Mal ganz blöd gefragt, es gibt doch sicher einen Vertrag über den Ankauf. Da steht doch normalerweise ein Name drauf, oder?« Bernard hatte etwas gebraucht, um die Frage zu formulieren.

Der Bürstenschnitt funkelte ihn mit eisblauen Augen an, kratzte sich über das frisch rasierte Kinn und platzierte seinen Return: »Danke für den Tipp, Monsieur äääh, aber daran denkt ja jeder Mensch mit etwas Sensus communis sofort. Wir haben es kontrolliert, der Name auf den Papieren ist ein völlig anderer.«

Bernard musste schlucken. So ein Mist.

»Monsieur Gschlössl. Angenehm. Und welcher Name steht dann da?«

»Kann ich Ihnen nicht sagen.«

»Jetzt komm schon, Olivier. Was solls. Die können den Namen doch wissen!«, platzte sein Kollege heraus.

Olivier, der Bürstenschnitt, presste die Lippen aufeinander, streifte seinen Kollegen mit einem scharfen Blick und ließ schließlich die Katze aus dem Sack: »Luis de Faitbaisé.«

Die greifbare Stille wurde durch ein Glucksen von Bernard unterbrochen. »Luis de Faitbaisé? Ich spreche ja nicht besonders gut Französisch, aber das klingt wie Louis de Funès, als wenn euch jemand mit einem erfundenen Namen verarschen wollte.«

Der Bürstenschnitt war angesäuert. »Wir haben natürlich unsere Possibilitäten ausgeschöpft. Dieser Mensch existiert tatsächlich. Ein Mann mit diesem Namen ist etwas außerhalb von Narbonne gemeldet. Gelernter Mechaniker. Seit Jahren arbeitslos. In den Spielhöllen kein Unbekannter.«

»Aber bitte, erzählen Sie uns doch nochmals, wie das damals alles war, mit der Überschwemmung«, fuhr der Kollege fort.

Und Bernard erzählte zum x-ten Mal die Erlebnisse, an die er sich so ungern erinnerte. Als er geendet hatte, prasselten die Fragen auf ihn ein.

»Das Wasser stand wie hoch?«
»Kennen Sie persönlich Geschädigte?«
»Dieser Eric wohnt also mitten im damals überschwemmten Gebiet?«
»Sie sind sich absolut sicher, dass er einen dunkelblauen Porsche fuhr?«
»Gab es tatsächlich keine Baumaßnahmen, die der Bürgermeister eigentlich zugesagt hatte?«
»Ist der Golfplatz an allem Schuld?«

Bernard bejahte oder verneinte – je nachdem und schloss mit: »Die Kleinklein-Arbeit überlassen wir gerne den Spezialisten, wir haben Ihnen genug Anhaltspunkte geliefert. Jetzt sind Sie dran!«

Aber der Bürstenschnitt war keiner, der schnell aufgab.

»Gut, für heute haben wir einige neue Denkanstöße erhalten. Wir werden uns nun eine kurze Nachtruhe genehmigen, um morgen sehr zeitig weitermachen zu können. Aber Sie haben recht, jetzt stehen wir im Obligo. Monsieur Wild, bitte händigen Sie meinem Kollegen die Papiere aus, die Sie zu dem Porsche in der Niederlassung erhalten haben. Wir machen eine Kopie, die Originale bekommen sie selbstverständlich sofort zurück.«

Damit geleitete er Franz und Bernard hinaus. »Was für ein Zipfel!« entfuhr es Franz und Bernard nickte zustimmend. »Der hat wohl einen Kurs in ›Wie benutze ich möglichst viele saublöde Fremdwörter‹ gemacht.«

»Genau!«

Die beiden saßen in Bernards R4 und überlegten. Auf die Domaine zurückfahren und in die Sonne setzen? In die Kneipe gegenüber des Rathauses gehen und ein Bierchen zischen? Ein Restaurant in der näheren Umgebung mit schattiger Terrasse und erstklassiger Weinkarte aufsuchen?

»Weißt du was, Franzl, wir fahren nach Narbonne, ich führ' dich durch die Hallen und wir essen ein fettes Steak bei *Bebelle*«, sagte Bernard und hieb seinem Freund auf die Schulter.

»Wer ist denn das jetzt wieder?«

»Komm' einfach mit und schau's dir an!«

Sie fuhren auf einer neu gebauten Umgehungsstraße um halb Narbonne herum, ließen drei Kreisverkehre hinter sich, bogen am

Justizpalast zu den Markthallen ab und hatten Glück, einen Parkplatz direkt am Kanal zu bekommen. Die allgegenwärtige Kathedrale *Saint Just* blickte freundlich auf sie herab.

Bernard war immer wieder erstaunt darüber, wie die Kathedrale ganz Narbonne zu überragen schien. Ob man die Stadt auf der südlich gelegenen Autobahn passierte oder sich auf einer der Einfallstraßen näherte, man glaubte, die Kathedrale stehe auf einem Hügel. Im Mittelalter am Rand der Stadtmauer errichtet, steht sie jetzt mitten im Zentrum. Ganz nahe am *Canal de la Robine*, kein Hügel weit und breit. Allerdings gehört sie mit 41 Metern Chorhöhe zu den höchsten Frankreichs.

Sie überquerten den Kanal und steuerten das Eingangstor zu *Les Halles*, den Markthallen von Narbonne, an. Sie gingen geradewegs durch bis ans andere Ende und mussten sich sehr zusammen reißen, nicht gleich beim allerersten Stand, wo es frische Hendl vom Grill mit Kartoffeln gab, schwach zu werden. Es folgten Stände mit köstlichen Backwaren, Obst, Gemüse, Oliven, Pasten, Gewürzen, Käse. Ein großartiges, vielfältiges Angebot. Dabei hatten sie noch nicht mal die Mitte erreicht.

»Das ist ja irre«, Franz war begeistert, »da war eben ein Verkäufer, der hatte frische Wachteln, Rebhühner, Ochsenbäckchen und Schweinefüße. Ich glaub's nicht.«

Nach einem Stand mit verschiedensten Sorten Kaffeebohnen und einigen Lokalen mit Steh-Tischen begann der Bereich Fische und Meerestiere. Bernard machte Franz auf Jakobsmuscheln, roten Thunfisch, Seeteufel-Leber und manches andere aufmerksam, lotste ihn um die Ecke zu seiner Lieblingsverkäuferin von Austern und Muscheln und sagte: »5,90 Euro für ein Kilo Austern aus

Bouzigues, da fällt dir nichts mehr ein, oder?«

Ein paar Meter weiter begann der Bereich der u-förmigen Bars, an denen von Stammgästen vorzugsweise frisch gezapfte Biere in winzigen Gläsern oder Wein aus Viertelliter-Karaffen getrunken wurden. Was zur Folge hatte, dass der Patron pausenlos am Nachschenken war. Es schloss sich eine Strecke von offenen Lokalen an, wo man eng aneinander an langen Tresen saß und Steaks, Ente oder auch mal Innereien verspeiste.

Mittendrin und ganz ohne Frage der absolute Platzhirsch: *Bebelle*. *Bebelle* war der Spitzname von Vater André, der es mit dem *Rugby Club de Narbonne* bis ins Finale um die französische Meisterschaft geschafft hatte. Heute trägt Sohn Gilles diesen Beinamen, den er – in den 90ern ebenfalls Rugby-Spieler – von seinem Vater geerbt hat.

Gilles, alias *Bebelle*, betreibt mehrere Lokale in und direkt neben den Hallen. Zwei Meter groß und vom Typ eher grobschlächtig, taucht er normalerweise erst gegen Mittag auf, übernimmt aber sofort das Kommando. Kommt eine Bestellung rein, greift er zum Megaphon und schickt seine Wünsche lautstark an einen der umliegenden Metzgerstände.

Sind Entrecôte, Spieße mit Rindfleisch, Tatar, Entenbrust oder was auch immer verpackt, klingelt oder pfeift der Händler, um *Bebelles* Aufmerksamkeit zu bekommen und wirft ihm anschließend die Ware in hohem Bogen zu. Dabei fliegen die Steaks acht bis zehn Meter weit über die Köpfe von Gästen und Schaulustigen hinweg, bis *Bebelle* sie gekonnt und lässig mit seinen riesigen Pranken auffängt.

Dieses Schauspiel wird an allen Tagen, an denen die Hallen geöffnet haben, von Gästen aus aller Welt verfolgt. Ehrfürchtige Japaner, juchzende Holländerinnen, staunende Lusitanier, kritisch zusehende Deutsche, begeisterte Amerikanerinnen, von der Sonne rötlich gefärbte Briten, singende Iren – sie alle stehen in den Gängen rund um Bebelle und filmen mit ihren Handys, was das Zeug hält.

Franz und Bernard hatten zwei Plätze am Tresen bekommen und konnten dem Treiben aus nächster Nähe zusehen. ›Deux brochettes de boeuf, trois de tartare, une entrecôte‹, schallte es aus dem Megaphon und kurz darauf flogen Rindfleisch-Spieße, Tatar und Zwischenrippenstück durch die Luft.

Sie hatten jeder das große Entrecôte mit 400 g verdrückt und auch reichlich getrunken. Bernard wollte erst mal ein paar Schritte an der frischen Luft machen. Franz hatte nichts dagegen. Leicht schwankend verließen sie die Hallen und gingen am Kanal entlang. An einer schattigen Stelle blieben sie stehen und setzten sich auf eine dicke Steinmauer.

»Mein Gott, bin ich vollgefressen«, brachte Bernard mühsam heraus und Franz bestätigte nickend »nicht nur du!«

»Ich glaube, ich mach' hier ein Nickerchen und heute Abend gibt es zu Hause nur lauwarme Fanta ohne Kohlensäure«!

Hätte irgendjemand Franz' dämliches Gesicht in diesem Moment fotografiert, er hätte den Hauptpreis in der Rubrik ›Wie blöd kann man schauen‹ gewonnen.

Aber ein halbes Stündchen später hatte sich Bernard wieder im

Griff und sie fuhren – wie immer auf Schleichwegen – zurück nach Hause.

»Ich muss jetzt unbedingt noch was Süßes essen, so als Gegengift sozusagen«. Bernard bremste plötzlich vor einer Boulangerie.

»Du meinst, so wie bei Asterix und dem vergifteten Kuchen im Band …« weiter kam Franz jedoch nicht, denn Bernard schnitt ihm mit »hör bloß auf, jetzt von vergifteten Kuchen zu erzählen« das Wort ab. »Ich geh' jetzt in die Bäckerei und hol' mir irgendein knuspriges Teilchen. Mit Obst gefüllt oder was auch immer!«.

»Dann bring' mir bitte auch eines mit!«

Wie es so ist, auf ein richtig deftiges Essen entwickelt der Körper Heißhunger auf Süßes. Franz war da eher der Gummibärchen-Typ, aber Bernard schwor auf *Éclairs*, *Gâteau aux amandes*, *Madeleines* oder ähnliches Gebäck.

Die Boulangerie hatte zum Glück noch einige wenige Stücke *Croustipomme* mit Nougat, eine Art herzhaft-knusprig gebackener, süßer Apfelkuchen mit dünner Nougatfüllung in der Auslage liegen.

Sie saßen schweigend in Bernards GTL: Polohemden und Sitze mit den Resten der herrlichen Apfelkuchenstücke voll gebröselt. Die Sonne gab ihr Bestes, das Thermometer sprang just in diesem Moment von 27,9 auf 28,0 Grad. Franz wischte sich einen dezenten Fettrand von den Backen und grunzte: »Ahhh. Göttlich. Ich beneide dich, Château! Du hast das täglich, ich nur im Urlaub.«

»Ja, Augen auf bei der Standortwahl«, entgegnete Bernard,

schaltete aber sofort einen Gang zurück: »Nein im Ernst, wir haben's einfach gut getroffen hier!«

Er dachte zurück an früher. An seinen spannenden, aber oftmals nervigen Job, an den dauernden Zeitdruck, an Schnee und Kälte. Bilder von grantig dreinschauenden Menschen in der Münchner S-Bahn und nörgelnden Kindern im Biergarten schossen ihm durch den Kopf. Warum gab es das hier nicht? Warum waren die Menschen im Süden Frankreichs so entspannt, so gut aufgelegt?

Als hätte er Gedanken lesen können, grüßte ein vorbeigehender, älterer Mann mit einem freundlichen ›Bon appétit!‹ durchs offenen Seitenfenster.

Luis de Funès und der dunkelblaue Porsche

Der gute Draht zu Pauline machte es möglich, dass Bernard die eine oder andere Information erhielt, ohne dass der Kollege mit dem schnittigen Haarschnitt davon etwas mitbekam.

Sie erzählte ihm, dass man den Angestellten des Porsche Zentrums in Clermont-Ferrand befragt hatte und dass er Ihnen eine vage Beschreibung des Mannes geben konnte, der der Niederlassung in Perpignan damals den dunkelblauen Porsche verkauft hatte. Ein erster Abgleich mit Fotos, die sie von Luis de Faitbaisé besaßen, hätte eine eindeutige Übereinstimmung ergeben.

Gerade in diesem Moment seien die beiden Schlaumeier unterwegs, um ihn aufzusuchen. Sie gehe aber davon aus, dass er tatsächlich derjenige war, der den Porsche-Deal abgewickelt hat, blieb nur die Frage, woher er das Fahrzeug hatte. Aber da wüssten Sie heute Mittag sicher mehr.

Sollte sich ein Zusammenhang mit Eric Tavernier ergeben, wäre er der nächste auf der Liste, der Besuch von ihnen bekäme.

Bernard bedankte sich für die Auskunft und berichtete Franz, der ungeduldig neben dem telefonierenden Freund gestanden hatte und am liebsten dauernd dazwischen gefragt hätte.

»Was meinst du Château, wie lief die ganze Sache ab?«

»So, wie ich Eric einschätze, ist er auf seltsamen Wegen zu dem Auto gekommen. Ist ab und zu mal damit zum Angeben durch die Gegend gebraust, hat sich aber das Geld für eine umfassende Vollkaskoversicherung gespart.«

»Wobei es fraglich ist, ob die einen Überschwemmungsschaden überhaupt bezahlt hätte«, warf Franz ein.

»Das ist auch wieder wahr. Aber ohne Überschwemmung kein ruinierter Porsche. Man könnte also grundsätzlich die starken Regenfälle verantwortlich machen. In erster Linie aber den ehemaligen Bürgermeister, der das Projekt Golfplatz gegen viele Widerstände durchgedrückt hat, ohne im Anschluss daran die notwendigen und versprochenen Schutzwälle, Dämme, Flutbecken und so weiter zu bauen. Das Wasser schießt also ungebremst über die Fairways in die dahinter liegenden Senken und überflutet unter anderem Erics Anwesen.«

»Logische Schlussfolgerung: Eric hat einen ziemlichen Hass auf den Bürgermeister. Er beobachtet ihn. Er bekommt mit, dass er ein Verhältnis mit dieser Optikerin hat. Eines Tages trifft er ihn am Golfplatz und die aufgestaute Wut bricht aus ihm heraus. Er drischt gegen das Seitenfenster des Wagens, in dem der Bürgermeister sitzt.«

»Da bin ich ganz deiner Meinung. Anschließend lauert er ihm auf. Er verfolgt ihn bis zum Haus des Optikers, der ja in Barcelona ist und von allem keine Ahnung hat. Als er im Morgengrauen das Haus verlässt, folgt er ihm. Zieht ihn vom Rad und ...«

Hier wusste Bernard nicht so richtig weiter. Was geschah dann? Falls es sich überhaupt so ähnlich abgespielt hatte? Es war zum Haareraufen. Er spürte, dass sie nahe an der Wahrheit waren, aber sie hatten keinerlei Beweise.

»Mer ... credi, fluchte er.«

171

»Hä, wieso Mittwoch?« Franz blickte ihn ratlos an.

»Wenn man das Wort ›merde‹ für Scheiße nicht aussprechen möchte, behilft man sich hier mit ›mercredi‹. Ein anderer beliebter Kraftausdruck oder Fluch ist ›putain‹, was so viel heißt wie Hure, es kann aber auch ›verdammter Scheißdreck‹ bedeuten. Menschen mit gepflegten Umgangsformen verwenden das Wort nicht und wenn doch, dann retten sie sich, in dem sie nach dem ›pu‹ ein ›rée‹ anhängen, aus der Nutte also ein Püree machen.«

Franz blickte immer noch verständnislos, ersparte ihnen aber eine weitere Diskussion über die Verwendung umgangssprachlicher Kraftausdrücke.

»Sag mal, Château, was machen wir in den verbleibenden zwei Tagen? Übermorgen muss ich wieder nach Hause.«

Bernard wurde schlagartig bewusst, dass in zwei Tagen, am Samstag, Anette zurückkommen würde. Und dass Franz dann möglichst abgereist sein sollte. Und das mitten in einem spannenden Fall. Dass sie zwar viel erlebt hatten, aber dass noch jede Menge interessanter Unternehmungen auf sie warten würden. Nun gut, es gab immer ein nächstes Mal.

»Ich weiß nicht. Die Zeit ist so brutal schnell vergangen.«

»Die Zeit vergeht immer gleich schnell, mein Lieber. Aber deine Empfindung, wie schnell sie vergeht, ist unterschiedlich.«

Bernard war sprachlos. Franz, der – wie sollte er nur sagen – Physiker? Psychologe?

»Das hängt davon ab, ob du angenehme oder unangenehme Erlebnisse hast und wie du den Grad der Dringlichkeit empfindest. Außerdem ist entscheidend, wie hoch der Grad deiner Aktivität ist.«

Das war ja nicht zu glauben, der wilde Franz, ein Philosoph? »Das musst du jetzt aber mal genauer erklären!«

»Ganz einfach. Stell' dir mal folgende Situation vor: Du sitzt im Wartezimmer eines Arztes und musst noch 20 Minuten auf deinen Termin warten. Unglücklicherweise sind alle Zeitschriften, Auto-Motor-Sport, Playboy, GQ etc. schon von den anderen Wartenden belegt und auch der Datenempfang deines Smartphones lässt aufgrund von Funklöchern zu wünschen übrig. Es bleibt dir nichts anderes übrig, als Löcher in die Luft zu starren. Vermutlich werden das sehr lange 20 Minuten, denn der Grad der Aktivität bestimmt, inwieweit Zeit schnell vergeht. Wer aktiv ist, wird ein schnelleres Zeitempfinden haben als jemand, der nichts zu tun hat. Das gilt übrigens auch für monotone Aufgaben, die verrichtet werden müssen.«

Bernard stand mit offenem Mund neben seinem Freund. Wer hätte das gedacht? Der Weiberheld als nachdenklicher Zeitgenosse?

Bernard atmete tief durch und machte einen Vorschlag, von dem er wusste, dass Franz ihn nicht ablehnen würde.

»Okidoki, alter Sack, ich hab' natürlich noch ein Ass im Ärmel. Von hier sind es gerade mal zweieinhalb Stunden bis Barcelona, bei deiner Fahrweise eher knapp zwei Stunden. Im Moment überholen sie die Mautanlagen, sodass die Autobahn keinen Cent kostet. Wenn wir zeitig aufbrechen, so gegen 9 Uhr, könnten wir in meinem Lieblingsrestaurant zu Mittag essen. Anschließend laufen wir die *Ramblas* runter, solange es uns Spaß macht. Essen ein Eis nach dem anderen oder pfeifen hübschen Spanierinnen hinterher.«

»Geil, Mann. Ich wollte immer schon mal nach Barcelona, aber von München aus …«

»Also abgemacht! Ich wecke dich morgen um acht und dann sehen wir, dass wir rechtzeitig wegkommen.«

»Super!«

Die Unterhaltung wurde durch das Klingeln von Bernards Handy unterbrochen. Eigentlich war es kein Klingelton, sondern der Anfang von ›Paint it black‹ von den Rolling Stones. Das Lied hatte er sich mithilfe einer App abgespeichert, allerdings vier Tage gebraucht, bis es tatsächlich funktioniert hatte.

»Pauline?«

»Ja, ich bin's. Hör zu! Es passt alles. Wir fahren jetzt gleich zu Eric und fühlen ihm auf den Zahn. Mehr kann ich im Moment nicht sagen. Bis gleich!«

Franz schenkte sich und Bernard, ungeachtet dessen, dass es gerade mal Mittag war, einen doppelten Whisky ein, hielt ihm sein Glas vor die Nase und fragte: »Glaubst du wirklich, wir sollten nach Barcelona düsen, während sich der Fall hier seiner Auflösung nähert?«

»Aber sicher! Abstand tut gut. Wirst schon sehen. Lass' mal die Profis ihre Arbeit machen!«

Aber der Nachmittag hielt noch ein paar Überraschungen bereit.

Pauline bat sie, nochmals aufs Revier zu kommen, wo der Schlaumeier weitere Fragen hätte. Da es nur eine Viertelstunde Fahrt war, traf man sich um 15.30 Uhr schon wieder auf der Polizeistation. Bernard und Franz saßen, leicht genervt und mit ablehnender Körperhaltung vor dem Büro des Bürstenschnitts und flüsterten.

»Was will denn der Zipfel schon wieder von uns?«

»Wart's ab, wirst schon sehen.«

»Meine Herren, ich danke Ihnen, dass Sie freundlicherweise die Zeit erübrigen konnten, mir und meinen Kollegen ...« »Würde es Ihnen etwas ausmachen, zur Sache zu kommen? Wir haben noch was vor«, unterbrach ihn Bernard barsch.

Und der schnittige Polizist gab erstaunlicherweise klein bei. Dass sie dieses und jenes getan hätten, jenen und diesen befragt hätten, aber leider ...

Bernard platzte fast der Kragen: »Dieser Luis de Funès oder wie er auch heißt, ist also identifiziert?«

»Ja.«

»Er hat das Fahrzeug dem Porschezentrum Perpignan verkauft?«

»Ja«.

»In welchem Zustand war das Fahrzeug? Wie gelangte es in seinen

175

Besitz?«

Olivier, der Polizist, der sich mit einem Schwamm hätte frisieren können, antwortete: »Er hat ausgesagt, den Porsche Herrn Eric Tavernier abgekauft zu haben. Da er aufgrund des Hochwassers – das Fahrzeug stand immerhin bis zu den Instrumenten unter Wasser – nicht mehr fahrtauglich war, hätten sie sich auf einen Preis von 20.000 Euro verständigt. Zu diesem Zeitpunkt wusste er allerdings schon, dass dieses seltene Modell, selbst in dem jämmerlichen Zustand, in dem es war, mindestens 30.000 Euro einbringen würde.

Er wickelte das Geschäft mit der Niederlassung in Perpignan ab, strich sogar 38.000 Euro ein und freute sich über seinen klugen Schachzug.«

»Ja, und wo ist nun das Problem?«, Franz, der der Logik nicht so richtig folgen konnte, hatte auf Englisch umgeschaltet, was seinem Gegenüber sichtlich nicht behagte. Aber er riss sich zusammen und antwortete in stark französisch gefärbtem Schulenglisch:

»Herr Eric Tavernier kommt irgendwie in den Besitz eines sehr wertvollen Porsches – wie, das werden wir noch herausfinden – welcher bei einem katastrophalen Hochwasser absäuft. Er verkauft ihn an jenen Luis, der ihn aber ziemlich übers Ohr haut. Macht er doch beim Weiterverkauf einen ordentlichen Schnitt. Wenn man bedenkt, dass das Fahrzeug aktuell für 135.000 Euro angeboten wird, könnte man sich als Eric schon in den Allerwertesten beißen, oder?«

»Haben Sie denn eine Ahnung, wie viel Geld das Autohaus in die Restauration gesteckt hat?« wollte Franz wissen. »Ich habe Ihnen die Unterlagen ausgehändigt, die Sie haben wollten, aber ich habe mich fast eine Stunde lang mit dem jetzigen Verkaufsleiter unterhalten und da ich mich mit den Baureihen der Firma bestens auskenne, hat er mir so manches erzählt.«

Der Polizist war einen Moment sprachlos. »Und das haben Sie uns nicht gesagt?«

Franz wollte schon ›Sie haben ja nicht danach gefragt‹ antworten, wechselte dann aber grinsend auf: »Sie hätten eh nur die Hälfte verstanden!«

Der Bürstenschnitt lief rot an. Man sah, wie er tief in den Bauch atmete, um nicht zu explodieren. Kam da so ein Blödmann daher und fing an, unverschämt zu werden. »Dann erwarte ich von Ihnen, dass Sie meinem Kollegen alles minutiös explizieren. Das ist eine Anordnung. Und anschließend dürfen Sie gerne Ihren so überaus wichtigen Geschäften nachgehen.« Drehte sich um und stampfte aus dem Büro.

Franz sonnte sich in den anerkennenden Blicken aller anderen und sagte lachend: »Aber sehr gerne, with great pleasure, da wird Ihr Handlanger ordentlich was zu schreiben haben!«

Ein Donnerstag in Barcelona

Bernard hatte schlecht geschlafen, von Starkregen, Gewitter und Überschwemmung geträumt. Im Traum sah er seinen kompletten Weinkeller davonschwimmen. Seine wertvollen Chili-Pulver vermischten sich mit erdig-braunem Schlamm, aus mehreren Sicherungskästen sprühten die Funken. Er sah sich selbst in Shorts durch das Wohnzimmer laufen und unersetzliche Langspielplatten oben auf die Regale stapeln, während ihm das Wasser bis zu den Knien stand.

Schweißgebadet wachte er auf, schüttelte die negativen Emotionen so gut es ging ab und schleppte sich zur Toilette. Nachdem er die Hände gewaschen und sich kaltes Wasser ins Gesicht geschaufelt hatte, verblassten die Albträume. Er schlurfte in die Küche und schaltete die Espressomaschine ein. Vom Weinfeld gegenüber hörte er die vertrauten Geräusche der Weinlese. Das helle, ziemlich laute Brausen des hochbeinigen Ernte-Traktors, der die Trauben mit brachialer Gewalt von den Rispen saugte. Das krachende Poltern der leeren Anhänger, die einer hinter dem anderen auf dem Feldweg angepoltert kamen, um vollgeladen zu werden.

Die wertvolle Fracht würde jetzt schnellstmöglich zur örtlichen Kooperative gebracht und gut entlohnt werden.

Er blickte auf die Küchenuhr. Kurz nach halb sieben. Der Winzer war mit seinen Leuten früh unterwegs. Bernard war immer hin und her gerissen. Das Schauspiel war jedes Jahr das gleiche, trotzdem empfand er die maschinelle Bearbeitung als brutalen Eingriff in die Natur. Gestern noch voller Laub, dunkelgrün mit riesigen lila-blauen Trauben behangen, standen die Reben kurz nach der Ernte traurig da. Die längeren Triebe abgerissen, erste Blätter braun verfärbt. Irgendwie hatte er immer den Eindruck, als würden die Pflanzen die Köpfe hängen lassen.

6:45 Uhr. Auf dem Polizeirevier. Olivier, der Liebhaber seltener Fremdwörter hatte schon geduscht, die kurzen Haare mit Pomade senkrecht nach oben gestrubbelt und ein frisches, dunkelblaues Hemd angezogen. Jetzt saß er mit einem großen Becher C*afé crème* vor seinem Laptop und tippte auf der Tastatur herum.

In einem Ordner hatte er sämtliche Ergebnisse, Vermutungen, Dokumente, Schlussfolgerungen, Bilder, Kopien usw. zusammen gefasst. Er überflog zum wiederholten Mal die Aussagen von Franz und Bernard und las nochmals den Vertrag über den Ankauf des Porsches durch, obwohl er ihn fast auswendig kannte. Setzte im Kopf die Mosaiksteinchen aneinander.

Er konnte es kaum erwarten, bis um acht Uhr seine Kollegen eintreffen würden. Als Erstes mussten sie diesen Eric aufsuchen und ihm auf den Zahn fühlen. Im Besitz diverser Dokumente und im Wissen, dass Eric Tavernier den von der Überschwemmung beschädigten Porsche dieser seltsamen Type verkauft hatte, ließen sich interessante Fragen stellen. Sollte er ihnen nicht blöd kommen!

8:15 Domaine St. Joseph. Bernard hatte eine große Flasche Wasser und zwei Äpfel eingepackt. Nach seinem einsamen Espresso hatten Franz und er noch zwei Tassen Kaffee getrunken. Croissants würden sie im Ort bei Sophie von der Bäckerei kaufen. Als Franz seinen Wagen startete, zeigte der Chronometer exakt 8.30 Uhr. Wenn man dem Navigationsgerät glaubte, waren es 251 km und zwei Stunden und dreiunddreissig Minuten, die sie von Barcelona trennten. Franz trat aufs Gas.
Die ganze Mannschaft hatte sich auf dem Revier versammelt.

Olivier stand stramm vor einer Tafel und kritzelte Namen und Pfeile, alle anderen hingen mehr oder weniger unausgeschlafen in ihren Stühlen.

»Kollegin! Kollegen! Wir haben heute einige entscheidende Unternehmungen zu vollbringen. Als Erstes werden wir Herrn Tavernier besuchen, um alles über die Hintergründe des Porsche-Deals zu erfahren. Wenn sich die Gelegenheit ergibt, sehen wir uns ein bisschen bei ihm um. Ich möchte wissen, wie er reagiert, wenn wir ihm auf den Kopf zu sagen, dass er ein gewichtiges Motiv hatte, dem Bürgermeister an den Kragen zu wollen. Sollte er unkooperativ sein, nehmen wir ihn augenblicklich mit aufs Revier.«

›Barcelone 220 km‹ stand auf einem blauen Schild. Die Strecke führte sie zunächst auf der, von der Fahrt nach Perpignan bereits bekannten Route, an Bages, Fitou und Rivesaltes vorbei. Mit Blick auf den *Canigou* näherten sie sich Perpignan, umfuhren die Stadt westlich und erreichten noch vor halb zehn in *Le Perthus* die Grenze und kurz darauf mit *La Jonquera* den ersten Ort auf spanischem Boden.

»Also, ich finde, es ist höchste Zeit für ein Asterix in Spanien-Duell«, schlug Franz vor. Du kennst das Heft genau so gut wie ich. Jeder überlegt sich eine dreiteilige Frage, drei Minuten Bedenkzeit, dann muss geantwortet werden. Wer mehr richtige Antworten gibt, gewinnt, wer verliert, zahlt das Mittagessen. Einverstanden?«

Bernard mochte solche Spiele nicht besonders, aber da er das Heft zufälligerweise erst vor drei oder vier Wochen wieder gelesen hatte, war er einverstanden. »O. K, du fängst an!«

Der wilde Franz brauchte nicht lange. »Nun, denn. Wie heißt der kleine Pepe, den die Römer entführen mit richtigem Namen? Wie heißt sein Vater? Aus welchem Dorf stammt er?«

Oups. Das war nicht so einfach. Bernard überlegte kurz und nannte dann mit Pepe kommt von Perikles, sein Vater heißt Costa y Bravo, was eine Anspielung auf die Küste zwischen Grenze und Barcelona sein soll, die Costa Brava, zwei richtige Antworten. Aber das Dorf? Die Sekunden verstrichen. Irgendwo bei Hispalis, dem heutigen Sevilla ...?

»Die Zeit ist um!« triumphierte Franz. Zwei Richtige.«

»Wie heißt denn das blöde Dorf?«

»Das hat in der Geschichte gar keinen Namen, es heißt immer nur südlich von Hispalis«. Franz konnte ein freches Grinsen nicht unterdrücken und Bernard ärgerte sich. Kackfrage. Aber warte.

»So, mein Lieber, jetzt bin ich dran. Wie heißt der Adjutant des Standortkommandanten von Hispalis, dem von seinem Chef die Zähne ausgeschlagen werden? Wie heißt der Römer, der für den Transport Pepes ins Lager Babaorum verantwortlich ist? Und wie nennt er sich, nachdem er sich als Spanier verkleidet hat?«

»Ich fange mal hinten an: Er nennt sich Arrivederci y Roma, das war einfach. Sein richtiger Name ist ...« Franz machte dieses ›ich weiß es, ich komm' nur nicht drauf-Gesicht‹. Sein richtiger Name ist Asparagus. Und der Adjutant heißt Bockschus, ha!«

Aber Franz hatte die beiden letzten Namen verwechselt, andersrum wär es richtig gewesen und das Match ging mit 2:1 an Bernard.

Die drei Polizei-Fahrzeuge hielten vor dem Einfahrtstor zu Erics Haus. Pauline hatte ihn angerufen und ihren Besuch angekündigt. Sie klingelten und hörten fast im selben Augenblick einen Hund bellen. Eine Minute später erschien Eric, der einen grimmig knurrenden Schäferhund am Halsband festhielt.

»Was willst du von mir, was kann ich tun?«

»Uns reinlassen«, forderte ihn der schnittige Olivier auf.

»Und warum?« Eric war sichtlich nicht sehr kooperativ.

»Weil wir uns dann besser unterhalten können«.

»Das geht auch hier am Tor sehr gut«.

Die Polizisten überlegten und wogen ab, wie weit sie gehen konnten. Im Endeffekt hatten Sie nichts gegen Eric in der Hand. Bluffen und ihn abführen? Das konnte ins Auge gehen. Freundlich sein? War nicht ihre Stärke. Pauline mischte sich ein und schlug einen freundlichen Ton an: »Eric, wir haben nur ein paar Fragen. Unter anderem zu dem Porsche, den du verkauft hast. Wie du weißt, bist du verpflichtet, uns Auskunft zu geben. Aber wenn du hier und jetzt keine Lust hast, müssen wir dich aufs Revier bestellen.«

Widerwillig öffnete er das Tor, befahl seinem Hund mit scharfen Worten zu verschwinden und führte die Truppe um eine Hausecke zu einer Ansammlung verschiedener Stühle und Tische. Wie es aussah, alles billige Ware von Flohmärkten oder vom Sperrmüll. Den ungebetenen Gästen ein Glas Wasser anzubieten, kam nicht infrage. Die sollten so schnell wie möglich wieder abhauen.

»Also, was wollt ihr wissen?«

Bürstenschnitt zog einen Notizblock aus der Tasche und begann. »Sie haben vor einiger Zeit einem gewissen Luis de Faitbaisé einen dunkelblauen Porsche verkauft. Richtig?«

»Ja.«

»Wie viel haben Sie dafür bekommen?«

»Das geht dich gar nichts an!«

Seinem Gegenüber war der Ärger deutlich anzusehen. Jetzt duzte ihn dieser Hippie auch noch. Und wie der Kerl aussah. Lockige, lange schwarze Haare, einen dichten Schnäuzer, der die Oberlippe komplett bedeckte und zwischen Unterlippe und Kinn ein drei Finger breites Stück dichte Barthaare. Hätte man dieses nach links und rechts zu den Enden des um die Mundwinkel herumgezogenen Schnäuzers verlängert, der ganze Mund wäre verdeckt gewesen.

»Unseren Unterlagen entsprechend, haben Sie ihn sehr günstig hergegeben.«

»Wenn du eh weißt, was ich dafür bekommen habe, warum fragst du dann?«

Pauline legte dem aufbrausenden Olivier die Hand auf den Unterarm und mischte sich ein: »Eric, bitte antworte mit Ja oder Nein!«

»Du hast das Fahrzeug diesem Luis verkauft?«
»Ja«

Du hast 20.000 Euro dafür bekommen?«

»Ja«.

Das Fahrzeug war nicht fahrbereit?«

»Ja«.

Es wurde bei der Überschwemmung stark beschädigt?«

»Ja«.

»Es hatte die Tricolore als Rallyestreifen auf der Motorhaube?«

»Ja.«

»Du hast das Fahrzeug einem Händler abgekauft?«

»Nein.«

»Einem Privatmann?«

»Nein«.

Oha, es wurde interessant. Kein Händler, kein Privatmann …

»Kannst du uns bitte kurz erzählen, wie du in den Besitz des Fahrzeugs gekommen bist?«

Eric rang mit sich. Dem Schnösel von der Polizei hätte er einen Bären aufgebunden, aber Pauline kannte er schon lange. Er mochte sie.

»Ich habe das Auto gewonnen. Wie und wo sag' ich nicht, sonst dreht ihr mir sicher einen Strick draus.«

»Schon gut, damit sind wir vorerst zufrieden.«

Die Wahrheit war, dass Eric jedes Jahr, nachdem seine geernteten Trauben bei der Kooperative abgeliefert waren, die Taschen voller Geld hatte. Sein Vater hatte im Laufe vieler Jahre Parzelle um Parzelle dazu gekauft und seinem Sohn am Ende eine Fläche von knapp 20 Hektar übergeben. Da Eric und auch sein alter Herr schon immer mehr auf Quantität denn auf Qualität gesetzt hatten, ernteten sie pro Pflanze je nach Sorte zwischen drei und vier Kilogramm Trauben. Bei 20 Hektar kamen da mehr als 200 Tonnen zusammen, die Eric mehrere Hunderttausend Euro einbrachten.

Seine Ausgaben waren hoch. Die Erntehelfer, zwei Teilzeitkräfte, das Ausleihen des speziellen Traktors sowie der stark gestiegene Preis für Dieselkraftstoff – das alles ging ins Geld. Aber am Ende des Tages blieb ihm genug übrig, um in einer Spielhölle beim Pokern einen ordentlichen Batzen zu riskieren. Da er schlechte Nerven hatte und nicht bluffen konnte – irgendwie sahen es ihm die Mitspieler aus zehn Metern Entfernung an, wenn er ein gutes Blatt hatte, verlor er öfter, als er gewann.

Als Spieler war er bei den anderen beliebt, konnte man ihm doch relativ leicht das Geld aus der Tasche ziehen. Einmal jedoch, ein einziges Mal hatte er wirklich unglaubliches Glück. Auf dem Tisch lagen schon mehrere Tausend Euro, als Eric, der zwei Karten getauscht hatte, einen *Straight Flush* auf die Hand bekam. Er konnte den Anblick von Herz As, Herz 2, Herz 3, Herz 4 und Herz 5 kaum glauben und ein entsprechend dämliches Gesicht musste er gemacht haben. So unbeholfen, dass alle anderen dachten, er hätte sich verzockt.

Zumindest war sich einer der Mitspieler, ein reiches Söhnchen aus Narbonne sicher, gewinnen zu können, denn er hielt vier Könige und ein As. Vier Asse konnte also keiner haben, *Straight* oder gar *Royal Flush* hatte er noch bei keinem Spiel jemals erlebt. Der Haufen Geld war ihm sicher. Dachte er. Und als Eric sein gesamtes Geld in die Mitte schob, unglaubliche 45.000 Euro, konnte sein Gegner nicht mithalten. Dann solle er Schlüssel und Zulassungs-Bescheinigung seines Autos setzen, schlug Eric vor und der andere ging darauf ein. So wechselte ein Porsche den Besitzer.

Franz folgte Bernards Anweisungen und fuhr mitten in die Stadt. Bernard war mit Anette schon öfters in Barcelona gewesen und konnte sich gut an ein Parkhaus im unteren Drittel der *Ramblas* erinnern. Sie fanden *Parking Eden* problemlos, stellten das Auto ab und starteten zu einem kleinen Bummel durch *El Raval*, wie das Viertel hier hieß.

Bernard hatte online in seinem Lieblingsrestaurant *Paco Meralgo* einen Tisch für zwei reserviert, aber bis zum Mittagessen hatten sie noch eine gute Stunde Zeit. Also schlenderten sie die *Ramblas* entlang, jenen 1,25 km langen Spazierweg, der den Alten Hafen mit der Plaça de Catalunya verbindet. Sie befanden sich auf dem Abschnitt *Rambla dels Caputxins*, und staunten über die Kellner, die pausenlos über die Fahrbahnen spurten mussten, um Speisen und Getränke von den Lokalen zu den Gästen auf der Promenade bringen zu können.

»Hör mal zu Franz, das Lokal liegt ein ganzes Stück nördlich von hier. Zu Fuß eine halbe Stunde. Wir sollten nicht allzu sehr trödeln.«

»In Ordnung, Château, aber warum parken wir dann hier, ewig weit weg?«

»Weil es eine tolle Strecke für einen Spaziergang ist. Außerdem tut dir die Bewegung ganz gut. Hast ziemlich zugelegt.«

Franz knurrte eine unverständliche Antwort, aber man sah ihm an, dass ihm die quirlige Stadt gefiel. Möglicherweise trugen zahlreiche attraktive, schlanke Spanierinnen, die ihren Weg kreuzten, zu seiner guten Laune bei.

»Weil es ein paar Ecken weiter, einen ausgezeichnet sortierten Laden für Vinyl-Scheiben gibt, den ich unbedingt besuchen muss. Außerdem können wir ja den Rückweg mit dem Taxi machen.«

Bernard hatte ein Dutzend Kisten durchwühlt und tatsächlich eine LP gefunden, die er schon immer haben wollte. Als der Verkäufer einen Preis von 70 Euro aufrief, zog er ein Vergrößerungsglas mit Beleuchtung aus der Tasche, suchte nach den mit bloßem Auge kaum zu erkennenden Ziffern und Buchstaben im *runout* oder *dead wax*, wie die Profis den Bereich zwischen letztem Lied und Mittelpunkt der Scheibe nannten.

»Hier wurde von Hand FVZ-2010-1-A Zappa.com CB ZR 38511 A eingeätzt, danach kommt die Prägung P. USA -21807- und das heißt, es handelt sich um ein Remastering aus den USA von 2010. Der Preis ist damit deutlich zu hoch.«

Und um seinen Worten noch mehr Durchschlagskraft zu verleihen, hantierte er mit seinem Handy herum und fotografierte Vorder- und Rückseite des Covers sowie A- und B-Seite der Platte.

Franz verstand nur Bahnhof.

Aber der Händler erkannte, seinen Meister gefunden zu haben, jammerte etwas herum, gab dann aber nach und man einigte sich auf einen Preisabschlag von 30 %.
Kurz vor dem bekannten Brunnen und beliebten Treffpunkt *Font de Canalets* verließen sie die Ramblas und legten den Rest der Strecke im Angesicht von Cafeterías und malerischen Geschäften zurück.

Die Polizei-Truppe hatte noch etliche Fragen gestellt und Olivier machte sich zunehmend frustriert Notizen.

Wo er in der Nacht gewesen sei, als Bürgermeister Rémy Fournier verschwand? Zu Hause. Man könne seinen Motorrad-Freund gerne befragen. Sie hätten die ganze Nacht getrunken, gewürfelt und Musik gehört.

Wo er 24 Stunden vor dem Verschwinden und am darauf folgenden Tag gewesen sei? Unterwegs in den Weinfeldern, abends zu Hause. Zeugen? Sein Freund, sein Hund. Ob er sonst etwas zur Aufklärung der ganzen Sache beitragen könne? Leider nein.

Sie sahen sich genau um, soweit das möglich war, machten sich Notizen, fotografierten jede Kleinigkeit, wussten aber, dass sie nicht viel erreicht hatten. Sie konnten dem Motorrad-Fahrer noch Fragen stellen, doch sie hatten wenig Hoffnung, Antworten zu erhalten, die sie weiter bringen würden. Es war zum Verzweifeln.

Das Paco Meralgo war ein lebendiges, pulsierendes Lokal mit frischem Ambiente. Die Speisekarte bot jede Menge exquisite Gerichte an, die sich herrlich teilen ließen. Sterne-Tapas sozusagen.

Sie bestellten sich *boquerones rebozados,* im Teig gebackene Sardellen, *chipirones a la malagueña*, Baby-Tintenfisch, wie man ihn in Malaga zubereitet, *navajas de las Islas Cíes a la plancha*, von den Cíes-Inseln stammende, gegrillte Schwertmuscheln und *tortilla abierta de gamba fresca*, eine Tortilla mit frischen Garnelen. Dazu eine Flasche *2017 Pedra de Guix* vom Betrieb *Terroir al Limit*, eine weiße Cuvée vom Allerfeinsten.

Der aus Peru stammende, immer zu einem Scherz aufgelegte Kellner bediente sie aufmerksam und wurde mit einem fürstlichen Trinkgeld belohnt. Da war Franz eigen. Je besser der Service, umso spendabler war er beim Trinkgeld. Andererseits konnte er ein sehr kritischer und schnell beleidigter Gast sein. Die Frage ›Hat's geschmeckt‹ hatte er schon oft ziemlich barsch mit ›Richten Sie dem Küchenchef einen schönen Gruß aus, aber er hätte vielleicht besser Versicherungsvertreter werden sollen‹ beantwortet. Und schnippische, blasierte Bedienungen, egal welchen Geschlechts, bekamen von ihm keinen Cent.

Sie ließen sich von einem Taxi für kleines Geld zum Parkhaus zurückbringen, tranken in einer Bar noch zwei kleine, starke *Café solo* und machten sich auf den Rückweg. Da sie es gemütlich angehen wollten, sagten sie der Autobahn kurz vor der Grenze ›Adieu!‹ und verließen Spanien auf der Küstenstraße. Nach Hunderten von Kurven erreichten sie schließlich Banyuls-sur-Mer und bald darauf Collioure, ein malerisches Fischerdorf.

Antoine, Hugo, Louis, Pauline und die beiden hinzugezogenen Polizisten hatten sich im Revier versammelt. Die Kaffeemaschine lief auf Hochtouren, jeder hatte einen dampfenden Becher vor sich stehen. Auf dem Rückweg von Eric waren sie in einem Lokal, das nur aus 20 Tischen und einem zwei Quadratmeter großen Grill bestand, eingekehrt und hatten ein schnelles Mittagessen zu sich genommen. Olivier verblüffte die anderen damit, dass er die Rechnung übernahm.
»Die Befragung von diesem Motorrad fahrenden Freund von Eric können wir uns eigentlich schenken. Der sagt sowieso das, was ihm Eric eingetrichtert hat. Trotzdem bestellen wir ihn aufs Revier. Hugo, bitte kümmern Sie sich darum!«

»Pauline, du kennst Eric und somit auch seine Freunde ja schon lange. Nimm Antoine und Louis mit und befragt jeden, der etwas über Erics Aufenthalt an den fraglichen Tagen wissen könnte. Ob das die einschlägigen Bars sind oder Tankstellen in der Umgebung, Frühaufsteher und Gassi-Geher, die du kennst, Winzer-Kollegen, die angrenzende Felder besitzen, ganz egal. Wir müssen einfach weiter kommen!«

Collioure ist neben Argèles-sur-Mer und Banyuls-sur-Mer ein touristischer Anziehungspunkt an der *Côte Vermeille*, zu deutsch etwa so viel wie ›purpurfarbene Küste‹. Franz und Bernard waren diesmal aber nicht an den Sehenswürdigkeiten interessiert, sondern genossen die Fahrt auf den schmalen Küstenstraßen. Immer wieder boten sich großartige Ausblicke auf Buchten und Strände. Nach einigen Kilometern bogen sie ins Landesinnere ab, um den Golfplatz *Saint-Cyprien* zu besuchen.

Bernard hatte schon viel darüber gehört und gelesen, es war ihm aber immer zu weit gewesen. Zu ihrem nächsten Geburtstag wollte er Anette mit einem Ausflug in diese Gegend und einem anschließenden Essen im Sterne-Restaurant *Le Fanal* in Banyuls überraschen. Heute war eine gute Möglichkeit, sich den Golfplatz mal kurz anzuschauen.

Der sportliche Platz, weniger als einen Kilometer vom Meer entfernt, am Fuß der Pyrenäen gelegen, bot einen 9-Loch-Kurs und einen anspruchsvolleren mit 18 Löchern. Das Gesamtpaket mit 4-Sterne-Hotel, Bar und Swimmingpool zählten Kenner zu den führenden Anlagen in Frankreich. Bernard steckte am Empfang einen Prospekt des Resorts ein, Franz nahm das sommersprossige Mädchen, das telefonierte unter die Lupe.

»Zwei plus« strahlte er beim Hinausgehen, verstand aber Bernards Antwort nicht, da Ihnen gerade eine Gruppe laut lachender Golfspieler entgegenkam. Irgend was mit ›Idiot‹ oder so …

Sie fanden einen kleinen Tisch mit Blick auf den ersten Abschlag, bestellten zwei Gläser Weißwein, eine Flasche Wasser und fanden, das Leben sei schon schön.

Zum letzten Mal an diesem Donnerstag kamen die Polizeibeamten im Revier zusammen, um eventuelle Ergebnisse abzugleichen, aber es gab kaum Neuigkeiten. Hugo hatte den Motorradfahrer für morgen zehn Uhr zu einer Befragung bestellt, aber dieser hatte schon am Telefon erklärt, er könne nichts Neues erzählen.

Pauline, Antoine und Louis hatten sich alle Mühe gegeben. Sie waren in den Geschäften mehrerer Orte gewesen, in denen sie sich Eric als Kunden vorstellen konnten. Presse- und Tabak, Spirituosen, Pizzeria, Imbiss-Lokale, Apotheke, Bäckerei. Hatten an zwei Tankstellen Halt gemacht und waren auf Louis' Vorschlag sogar zum nächsten Wertstoffhof gefahren. Fehlanzeige. Kein Mensch hatte Eric gesehen oder wusste etwas. Morgen wollten sie sich noch die Winzer-Kollegen vornehmen.

Als sie wieder zurück auf der Domaine waren, zeigte die Uhr bereits halb sieben. Franz streckte sich, versuchte, die 500 Kilometer abzuschütteln und verschwand in der Dusche.
Bernard drehte eine Runde durch den Garten und versorgte die vernachlässigten Pflanzen und Sträucher. Im Gemüsegarten schnitt er einige reife Tomaten ab, die er für einen kleinen Salat verwenden wollte, auf der Terrasse versorgte er die Zitruspflanzen mit Wasser. In Terracotta-Töpfe hatten sie Orangen-, Mandarinen-, Zitronen- und Limettenbäumchen gepflanzt. Sein Blick streifte den Granatapfelbaum. Die Früchte bekamen allmählich hellrote Backen, bald könnte er wieder ernten und die saftigen Kerne für ihr Müsli verwenden.
Er goss ein paar Ecken, die von der Bewässerungsanlage schlecht

erreicht wurden, hob Äpfel auf, die dem Rasenroboter im Weg waren und schloss das Einfahrtstor. Heute wollten sie in puncto Abendessen wieder kürzer treten und einigten sich auf einen Tomatensalat mit Zwiebeln, Thunfisch, Baguette, Oliven, Wurst und Käse. Franz hatte in Barcelona eine Flasche Rotwein erstanden, sie aber in mehrere Tüten eingewickelt, damit Bernard keinen Blick auf Etikett, Banderole oder Flaschenform erhaschen konnte. Er befahl ihm, sich fernzuhalten, öffnete sie und goss den Inhalt in eine Karaffe. Das übliche Ratespiel konnte beginnen.

»Ich würde mal sagen, dass dieser Rotwein aus Europa kommt.«

»Stimmt!«

»Er kommt aus keinem deutschsprachigen Gebiet.«

»Jawohl.«

»Er ist sortenrein.«

»Auch das ist richtig«. Franz war erstaunt. Der Mistkerl erriet alles. Hatte er das Etikett gesehen? Nein, unmöglich. Also nur Glück bisher.
»Mach weiter, komm schon!«

»Er kommt von der iberischen Halbinsel!«

»Auch das ist richtig.«

»Aus Spanien.«

»Korrekt!«

Bernard dachte scharf nach. Die Weinhandlung, in der Franz in Barcelona verschwunden war, ist nicht bekannt dafür, eine breite Auswahl großer Weine zu führen. Es gab natürlich die üblichen Kracher, und das zu Touristenpreisen, aber er tippte eher auf etwas Ausgefallenes. Kein Mainstream. Rings um Barcelona gab es jede Menge Anbaugebiete, aber die nahe gelegene Region *Penedès* schloss er aus, da dort vor allem sehr hochwertiger Cava erzeugt wurde.

»Kommt da noch was?«, Franz wippte ungeduldig mit dem linken Fuß.

»Nur die Ruhe, mein Lieber«, beschwichtigte ihn Bernard. »Ich denke nach.«

Andere Gebiete wiederum waren im Vergleich ziemlich klein, die Weinhandlung würde sich eher auf bekannte Namen konzentrieren. Im Endeffekt kamen für ihn nur *Montsant* und *Priorat* in Frage.

»Ich tippe auf einen Wein aus dem Priorat«.

»Erstes Nein, Château!«
Also Montsant. Vermutlich. Er ging im Kopf die Namen durch, die er kannte. Da kam nur der aus München stammende Dominik Huber mit seinem Weingut *Terroir al Limit* in Frage. Phänomenal eindrucksvolle Tropfen zu Preisen bis zu knapp 300 Euro. Noch dazu waren die Weine relativ schnell trinkreif. Andererseits hätte Franz keine sehr teure Flasche, die sie im Auto stundenlang durch die Gegend geschaukelt hatten, einfach so aufgerissen.

»*Montsant. Terroir al Limit.* Keine Ahnung, wie der Wein heißt, aber ich tippe auf einen Preis von 20 bis 40 Euro.«

Es wurde gespenstisch still. Franz saß mit offener Futterluke da und starrte Bernard an. Er leckte sich über die Lippen, sein Mund bewegte sich, aber es kam kein Ton heraus. Als er sich gefangen hatte, sagte er mit heiserer Stimme: »Du hast das Etikett gesehen!«, obwohl er wusste, dass das unmöglich war.

»Nein, mein lieber Franz, ich habe einfach nur nachgedacht und kombiniert.«

Franz enthüllte die Flasche. Bernard hatte mitten ins Schwarze getroffen. Der Wein nannte sich *Pas de deux*, eine unglaublich leckere 2019er Cuvée, die knapp 40 Euro gekostet hatte.

Lakeballs

Sie hatten den milden Abend und die Brotzeit genossen. Bernard hatte noch eine Flasche aus dem Keller geholt und war gerade dabei, sie zu öffnen, als sein Handy schrillte.

»Schatzifrosch, wie gehts dir? Alles gut?«

Anette erzählte ein bisschen von den letzten Tagen, meinte aber, sie würde ihm ausführlich berichten, wenn sie wieder zurück sei. Sie komme am Samstagabend in Montpellier an, ihr Flug mit *Air France* starte zwar schon um 14.00 Uhr, aber sie müsse in Paris mehr als dreieinhalb Stunden auf den Anschluss-Flug warten.

Er versprach, sie abzuholen, bestätigte, dass der wilde Franz am späten Vormittag abreisen würde, sie ihn also nicht mehr antreffen würde.

»Der war ja jetzt auch lange genug da, oder?«

»Da lass' uns übermorgen darüber reden! Wir spielen morgen noch eine letzte Runde Golf in unserem Club, wo wir auch zu Abend essen. Franz hat mich eingeladen.«

Anette fiel noch dieses und jenes ein, sie fasste sich aber erstaunlich kurz und so beendeten sie das Gespräch nach wenigen Minuten. Als Bernard sah, dass sein Freund inzwischen nackt in den Pool gesprungen war, machte er es ihm nach und landete eine erstklassige Arschbombe.

Franz' letzter Tag auf Saint Joseph begann windig und wolkig. Er öffnete seine Fenstertüre und blickte nach links und rechts. Ganz hatte er es noch nicht kapiert, aber wenn schlechtes Wetter kam, dann von Nordwesten, von den Pyrenäen. Manchmal aber auch von Südosten, vom Meer. Egal, zum Golfen war es ganz gut, wenn die Sonne nicht herunter brannte.

Bernard hatte im Sekretariat angerufen und eine Startzeit für 13.30 Uhr reserviert. Wenn sie die ganze Runde, also 18 Löcher in angemessener Geschwindigkeit spielten, wären sie am frühen Abend zurück, konnten im Clubhaus duschen, sich umziehen und anschließend gemütlich essen. Heute wollte es Franz nochmals so richtig krachen lassen, er stellte sich Schinken vom Schwarzfuß-Schwein, Schnecken à la bourguignonne, eine große Platte mit Austern, Garnelen und Wellhornschnecken, T-Bone-Steaks und andere Leckereien vor. Dazu einen erstklassigen Roten aus der Gegend. Man lebte schließlich nur ein Mal.

Er suchte Bernard, fand ihn im windgeschützten Hof auf der Südseite des Hauses und setzte sich zu ihm.

»Klasse, auf der großen Nordterrasse pfeift der Wind, aber hier ist es fast windstill. Und wenn die Sonne rauskommt, sitzen wir an der Hauswand geschützt und können die Wärme genießen.«

»Das mit der Sonne wird nicht mehr lange dauern. Schau, da oben sind die ersten blauen Löcher in den Wolken.«

Wie auf Kommando riss die Wolkendecke weiter auf und die ersten Sonnenstrahlen kamen durch.

»Weißt du was, Château. Ehrlich gesagt beneide ich dich ein bisschen. Das unbeständige Wetter in Bayern einfach hinter sich zu lassen, nie wieder Schnee und Minusgrade ...«

»Na ja« unterbrach ihn Bernard »letztes Jahr hatten wir eine Woche lang nachts bis minus drei Grad. Die Bougainvillea ist erfroren und wenn wir die Orangen- und Zitronenbäumchen nicht im Poolhaus überwintert hätten …«

»Schon, aber alles in allem habt ihr hier doch keinen richtigen Winter.«

»Ich würde mal sagen, von Ende April bis Anfang Oktober kann man in kurzer Hose herumlaufen, die restliche Zeit auch, aber mit Daunenweste überm T-Shirt«, lachte Bernard.

»Du vermisst den Winter gar nicht?«

»Nicht im Geringsten! Wir waren heuer ein paar Mal in den Pyrenäen beim Skilaufen. Blauer Himmel, Sonne, minus fünf Grad, Pulverschnee. Das reicht mir als Winter.«

»Aber im Vergleich zu Wendelstein, Kampenwand oder der Kandahar-Abfahrt sind das hier doch blaue Familien-Pisten.«

»Täusch dich mal nicht, mein Lieber! Unser Lieblingsort *Les Angles* verfügt über etliche anspruchsvolle Hänge und wenn du ein Stündchen weiter fährst, hast du mit *Grandvalira* in Andorra ein tolles Skigebiet. Möglichkeiten, die dir höchstens Südtirol mit dem Superski Dolomiti Pass bieten kann.«

Sie schwelgten noch ein wenig in Erinnerungen an saugemütliche Hütten, Fasching am Sudelfeld, heißen Eierlikör und wie viel Prozent Gefälle die Seilbahnrinne am Hafelekar wirklich hat. Bernard gab zu, dass er – wenn überhaupt – nur eines vermisse: Frische Weißwürscht mit Brez'n, süßem Händlmaier-Senf und dazu ein Hefe-Weißbier von der Privatbrauerei Hofmühl. Aber so lange ihn gute Freunde wie Franz mit Nachschub versorgten und er sogar hier im fernen Okzitanien bayerischen Genüssen frönen könne, sei alles in bester Ordnung.

Da man mit vollem Bauch nicht gut Golf spielt, schnipselten sie sich als leichtes und gesundes Mittagessen eine Schüssel Obst für ein ordentliches Müsli klein. Zwei große Gläser Orangensaft, zwei Becher Joghurt, Anettes selbstgemixte Körnermischung und zwei weiche Eier vervollständigten das gesunde Mahl.

Da sie noch Zeit übrig hatten, verschwand Franz in seinem Zimmer, um schon mal ein paar Sachen zu packen. Bernard holte eine Flasche eigenes Olivenöl, selbst gemachten Essig, in Kräuter eingelegte Oliven und zwei Gläser von Anettes köstlicher Aprikosenmarmelade aus dem Keller. Er wollte Franz ein kleines Überraschungspaket mit nach Hause geben.

Kurz vor 13.00 Uhr packten sie ihre Golfsachen zusammen, Bernard war wieder stur und bestand darauf, dass sie mit seinem R4 vorfuhren und machten sich auf den Weg nach *Les Amarats*.

Sie bezahlten im Sekretariat die Gebühr für den Platz und ein Golf-Cart, das sie sich heute leisteten, befestigten die Greenfee-Tags an den Golftaschen und checkten nochmals ihre Ausrüstung.

»Schon komisch«, lästerte Franz, der Golfwagen mit Elektromotor, den jeder Mensch als Golf-Cart kennt, heißt bei euch *voiturette de golfe*, aber die Quittung für die bezahlte Spielgebühr bezeichnet ihr als *green fee tag*. Haben da die Frösche kein eigenes Wort dafür gefunden?«

Bernard seufzte, blieb aber eine Antwort schuldig.

»Auch egal«, kam es von Franz, »da das für längere Zeit unser letztes Spiel sein wird, sollten wir es wieder spannend machen. Wir spielen unser übliches Lochwettspiel. Wer für ein Loch weniger Schläge benötigt, gewinnt es und erhält einen Punkt. Bei Gleichstand wandert der Punkt in den Topf und wer das nächste Loch gewinnt, erhält ihn zusätzlich«.

»Es kann also sein, dass wir auf den, sagen wir mal ersten fünf Löchern immer gleich viele Schläge brauchen. Dass fünf Punkte in den Topf kommen. Dann würde derjenige, der das sechste gewinnt, mit 6:0 führen?«

»Genau! Sudden Death, sozusagen. Mehr oder weniger«

»So haben wir doch schon immer gespielt, oder? Und um was spielen wir?«

»Wir spielen aus, wer zu unserem nächsten Treffen eine Flasche Syrah oder Grenache von Krankl mitbringen muss. Wo du die her bekommst, falls ich gewinnen sollte, ist dein Problem.«

Bernard dachte nach. Manfred Krankls Weingut *Sine Qua Non* in Kalifornien war legendär. 13 oder 14 Mal hatte er von Parker bereits 100 Punkte für seine Weine erhalten. Wenn er sich richtig erinnerte. Es gab eine endlos lange Warteliste und nur wenigen Glücklichen wurden jährlich ein paar Flaschen zugeteilt. Normal-Sterbliche mussten entweder unverschämtes Glück haben, auf Auktionen hoffen oder ein Restaurant finden, das den Wein anbot. Bei Preisen jenseits von 500 Euro stand im Gourmettempel auch schnell das Doppelte auf der Rechnung. Je nachdem, wie exorbitant kalkuliert wurde. Aber reizvoll war die ›Wette‹ schon.

»Okay. Einverstanden.«

Obwohl überwiegend 4er-Flights unterwegs waren, konnten sie ihre Runde zu zweit spielen. Bernards guter Draht zu den Mitarbeiterinnen im Sekretariat war da zweifellos hilfreich gewesen. Und dank Golf-Cart waren sie zügig unterwegs, mussten sich also nicht dauernd umdrehen, um zu sehen, ob ihnen der nachfolgende Flight zu dicht auf die Pelle rückte.

Bernard ging schnell in Führung und nach vier gespielten Löchern stand es 3:1 für ihn. Aber er hatte sich zu früh gefreut. Die Spielbahnen Nummer fünf, sechs und sieben konnte keiner für sich entscheiden, sodass drei Punkte in den Topf wanderten. Wer das nächste Loch gewann, erhielt also drei Extra-Punkte dazu, außer die Unentschieden setzten sich noch weiter fort.

»Jetzt wirds allmählich spannend«, stichelte Bernard, »wenn ich das nächste Loch gewinne, steht es 7:1, dann kannst du einpacken.«

»Erst musst du gewinnen«, konterte Franz. Und als hätte er Bernards Ball verhext, flog dieser beim nächsten Abschlag, einem Par 3 in einer wunderschönen Kurve ins Gebüsch. Bernard musste einen sogenannten Provisorischen hinterher spielen, weil er nicht wusste, ob er seinen Ball im Dickicht wiederfinden würde. Und auch dieser landete im Gebüsch.

»Hehe, das ist ja mal ganz sicher nicht dein Loch«, grinste Franz, der seinen Ball mit einem äußerst vorsichtigen Schlag aufs Fairway beförderte. Und schon stand es 5:3 für ihn.

Die letzte Spielbahn vor dem Clubhaus, wo die ersten 9 endeten, sah keinen Gewinner, es ging also mit einem 3:5 aus Bernards

Sicht und einem Extra-Punkt im Topf auf die zweiten neun Löcher.

Die nächsten Löcher gewann mal der eine, dann der andere. Beim Abschlag auf Spielbahn 13 stand es 5:6 gegen Bernard, aber es gab noch einen Extra-Punkt zu vergeben. Die 13 ging an Franz, die 14 an Bernard, die 15 ebenso. Zwischenstand: 7:7.

Die letzten drei Spielbahnen mussten entscheiden. Franz legte erstklassig vor und nahm Bernard das nächste Loch ab. 8:7 für ihn. Bernard konnte auf der 17, einer seiner ›Lieblings-Bahnen‹ nicht kontern: 9:7 für Franz. Jetzt ging es um die Wurst. Bernard musste das letzte Loch unbedingt gewinnen. Mit dem Extra-Punkt aus dem Topf könnte er auf 9:9 stellen und dann würde man sehen.

Aber wenn der Druck groß ist, scheitern auch gute Golfer. Bernard versenkte zwei Bälle hintereinander im Wasser und gestand schließlich zerknirscht seine Niederlage ein. Er würde beizeiten nach einem entsprechenden Wein suchen müssen ….

Franz tröstete ihn und bestand darauf, dass er fantastisch gespielt hätte. Die Niederlage hätte ihn selbst genau so gut treffen können. Er solle es locker sehen und sich nicht ärgern, schließlich würde er von der Wahnsinnsflasche die Hälfte abbekommen.

Bernard war ein fairer Verlierer, stellte sich entschlossen der Herausforderung und begann schon während der Wartezeit auf den Aperitif nach Angeboten von *Sine Qua Non* zu googeln.

Das Essen war wirklich erstklassig gewesen, die begleitenden Weine ausgezeichnet, die Bedienung flink und kaum wahrnehmbar. Zum Dessert erschien Angelique, die Pächterin des Restaurants höchstpersönlich und setzte sich für ein paar Minuten zu ihnen.

Doch der übliche Standard-Smalltalk holperte dahin, da sich Angelique und Franz minutenlang tief in die Augen sahen.

›Oh nein, was wird das jetzt wieder‹, dachte sich Bernard, aber da waren die beiden schon auf und davon.

»Ich schau' mir die Küche an«, war das Einzige, das Bernard noch hörte.

Er bestellte sich noch einen Espresso, dann noch einen, dann noch einen doppelten. Dann noch eine panna cotta und einen Schnaps. Dann reichte es ihm. Er ging Franz suchen, fand ihn in einer abgelegenen Sitzecke mit Angelique, die etwas zerzaust aussah, forderte ihn unmissverständlich auf, jetzt sofort aufzubrechen und bugsierte ihn mit sanfter Gewalt zum Auto.

Es war zwar schon fast 21:00 Uhr, aber immer noch hell. Sie verließen den Parkplatz, bogen auf die Nationalstraße ab und fuhren langsam zurück nach Saint Joseph. Als neben der Straße zwei Jungs mit einem selbst gebauten Stand auftauchten, eigentlich war es nur ein Brett auf zwei Holzböcken, rief Franz viel zu laut: »He Château, halt mal an!«

Bernard zuckte zusammen. Er brauchte ein paar Zehntelsekunden, um zu reagieren, bremste dann aber und fragte: »Was ist denn jetzt wieder los?«

»Die beiden Jungs da eben, die hatten so eine Art Tresen aufgebaut. Da stand ›Golfbälle. 10 Stück für 5 Euro‹. Hast du das nicht gesehen?«

Bernard verneinte, hielt aber an, drehte um. Fuhr langsam zurück.

Kaum angekommen, sprang Franz locker aus dem R4, ging auf die beiden etwa 14- und 16-jährigen Jungs zu und fragte: »Was sollen die Bälle kosten? Fünf Euro?«

»Zehn Stück gibts für fünf Euro. Absoluter Spitzenpreis. Nur beste Qualität!«

Franz drehte mehrere Bälle hin und her. Da waren minderwertige Murmeln mit schlecht abgekratzten Kennzeichnungen dabei, aber auch mehr oder weniger nagelneue Exemplare, die im Shop locker vier Euro das Stück gekostet hätten.
»Der Preis ist O. K. Ich nehme 20 Stück. Aber an euerer Stelle würde ich mehr verlangen, denn die Bälle sind erstaunlich gut. Ihr müsst ja eine erstklassig Quelle haben.«

Er sah, dass die beiden nicht sehr gesprächig waren, dachte kurz an seine eigenen Anfänge zurück und versuchte es auf die direkte Art.
»Ihr müsst mir nichts vormachen, Ich hab' das früher auch gemacht. Wenn es dunkel wird, geht man zu den üblichen Wasserhindernissen und fischt in kurzer Zeit ein paar Hundert Bälle raus, richtig?«

Die beiden sahen sich an. Zögerten. Der Ältere wich gekonnt aus.
»Das sind nur Bälle, die wir hier neben der Straße gefunden haben.«

»Erzähl mir nichts«, erwiderte Franz, warf einen Ball auf den Asphalt, wo er krachend hochsprang. »Das sind eindeutig Lakeballs. Harte Bälle, die ihre Elastizität eingebüßt haben, weil sie längere Zeit unter Wasser lagen und die ihr heimlich rausgefischt habt! Aber ich verpfeife euch nicht. Wo habt ihr sie denn her?«

Der kleinere der beiden gab zu: »Wir gehen manchmal spätabends zu dem Wasserhindernis in der hintersten Ecke des Platzes und fischen nach Bällen. Der Weg ist durch eine Schranke blockiert, aber zu Fuß kann man rein. Mein Freund hat so eine Art Rechen mit Gummilippen gebaut, in dem die Bälle prima hängen bleiben.«

»Und wann geht ihr normalerweise fischen?«

»Bevorzugt am Wochenende, weil da viele Touristen auf Greenfee spielen. Die kennen den Platz noch nicht und schlagen jede Menge Bälle ins Wasser.«

»Gibt es denn bei euch keinen professionellen Taucher, der die Bälle regelmäßig rausholt?«

»Schon. Aber der kommt nur alle drei Monate.«

»Und ihr wisst natürlich genau, wann?«

»Klar!«

»Also macht ihr euch zwischendurch die Taschen voll. Finde ich cool.«

Die Jungs waren beeindruckt. Alles hätten sie erwartet, aber lobende Worte für ihr Tun. Diebstahl, wenn man es ganz genau nahm?

»Dann wart ihr an den letzten Wochenenden auch hier?«

»Natürlich«, sprudelte es aus dem Jüngeren der beiden heraus. Der Ältere schaute seinen Kumpel kurz scharf an.

»Und ihr habt natürlich von der schrecklichen Sache mit Rémy, dem Bürgermeister gehört?«

»Jaaaa, schon.«

»Gesehen oder gehört habt ihr aber nichts?«

»Nööö!«, fiel ihm der Ältere ins Wort und Franz spürte, dass er die Fragerei jetzt beenden sollte.

Sie drehten um und fuhren langsam nach Hause. Allerdings ließ ihnen die Sache keine Ruhe und Bernard rief trotz später Stunde noch bei Pauline an, um ihr von ihren Entdeckungen zu berichten.

Eigentlich wollten die beiden am Morgen nach ihrer letzten Golfrunde noch gemütlich Kaffee trinken, Croissants mit salziger Butter und Aprikosenmarmelade essen und eine letzte Runde im Pool schwimmen. Aber das penetrante Geräusch von Bernards Handy war nicht zu ignorieren.

»Kommt so schnell wie möglich aufs Revier, bitte!« Paulines Wortwahl duldete keinen Widerspruch.

Die Golfball fischenden Jungs saßen blass und nervös in Begleitung ihrer Eltern in einer Ecke. Olivier stand vor ihnen und redete leise auf sie ein. Pauline und ihre Kollegen wirkten angespannt. Sie erhofften sich anscheinend von Bernard und Franz einen entscheidenden Impuls.

Olivier begann lauter zu werden und fasste die Tatsachen kurz zusammen. Als er auf den Tag zu sprechen kam, an dem aller Voraussicht nach die Leiche von Rémy, zwar außerhalb der

Golfanlage, aber in der unmittelbaren Nähe des Wasserhindernisses in den Brombeeren verscharrt worden war, sah er die beiden Jungs streng an, versicherte ihnen, dass sie keinerlei Ärger bekämen, aber jetzt mit der Wahrheit herausrücken müssten.

»Erzählt mal so genau wie möglich, was in der Nacht los war!«

»Ja, äh, also, äh, wir haben wie immer gewartet, bis es dunkel war und die Greenkeeper ihre Arbeiten beendet hatten.«

»Und dann?«

»Ja, äh, dann haben wir halt Bälle gefischt. Das dürfen Sie aber den Leuten von der Golfanlage nicht sagen! Sonst kriegen wir jede Menge Ärger. Wir sind also wie immer dabei, das Wasserhindernis durchzukämmen, äh, als wir ein Geräusch hören. Zuerst dachten wir, so ein blöder Greenkeeper hätte uns entdeckt. Aber dann sahen wir, dass es nur der Traktor von irgendeinem Typen war, der meinte, nachts über die Felder fahren zu müssen.«

»Der hatte dann sicher seine Zusatz-Scheinwerfer eingeschaltet?«

»Nein, das war komisch. Der fuhr fast ohne Licht. Wäre kein Vollmond gewesen, äh, wir hätten gar nichts gesehen.«

»Aber dank blasser Beleuchtung konntet ihr zumindest ein bisschen was erkennen?«

Die beiden sahen sich wieder länger an. Schließlich gab der Ältere zu: »Es war ein Traktor mit Anhänger. Die Farbe konnten wir nicht genau erkennen, das übliche dunkelgrün oder so, aber auf dem Sitz saß ein Mann. Im Gegenlicht und auf die Entfernung schwer zu erkennen. Nur einmal, für einen kurzen Augenblick waren der Kopf, das Gesicht undeutlich zu sehen. Erkannt haben wir ihn aber nicht.«

»Wie weit wart ihr denn von dem unbekannten Traktorfahrer entfernt?«

»Vom Rand des Teiches, wo man durch Büsche verdeckt unbemerkt nach Bällen fischen kann, sind es, äh, ungefähr 40 Meter bis zum Zaun. Gleich dahinter kommt der Weg mit der Schranke und rechts davon die Felder und die Pinien. Die, äh, Brombeeren kommen erst weiter hinten.«

»Er fuhr also auf dem Feldweg in Richtung der Brombeeren?«

»Jep!«

»Okay. So weit, so gut. Habt ihr irgendetwas Besonderes an ihm bemerkt? Hautfarbe? Kopfbedeckung? Brille? Würdet ihr den Traktor wieder erkennen?«

»Es war ein Traktor, wie es hier Hunderte gibt. Keine Chance. Der Typ war keinesfalls schwarz. Ein Weißer. Ohne Hut, ohne Brille, aber mit längeren Haaren.«

Bernard sprang wie von der Tarantel gestochen auf, kramte sein Handy aus der Tasche und scrollte in den Fotos zurück nach Barcelona. Da war es! Das Bild, das er von der LP ›Apostrophe‹ in jenem Laden gemacht hatte, bevor er sie mit Nachlass erstanden hatte. Auf dem Cover der Künstler, groß und frontal. Frank Zappa!

Er vergrößerte es leicht und hielt es den beiden vors Gesicht.

Es entging niemandem im Raum, dass beide schlagartig blass wurden. Olivier hielt die Luft an. Alle anderen wagten kaum zu atmen. Dem jüngeren der beiden Jungs standen plötzlich Tränen in den Augen. Pauline blickte zu Bernard. Bernard drehte den Kopf, um Franz anzusehen.

Schließlich brach der ältere der beiden die Stille und sagte leicht stotternd: »Da...da...das...is...isser!« »Isser! Ganz klar«, bestätigte sein Freund zitternd.

Die Brille

Die beiden Hobbydetektive waren aufgewühlt zurückgefahren, saßen auf der Terrasse und tranken schweigsam den mindestens fünften Kaffee.

»Was bedeutet das jetzt, Château?«, wollte Franz wissen.

»Keine Ahnung. Bin ja nicht bei der Polizei. Aber ich denke, die werden jetzt alles dran setzen, diesen Eric auseinanderzunehmen«.

»Die Jungs haben ihn ja eindeutig wiedererkannt. Dann muss er der Übeltäter sein, oder?«

»Glaube ich auch, aber wie willst du es beweisen? Er wird alles abstreiten, und dann?«

Sie schwiegen. Bis sich Franz endlich einen Ruck gab: »Château, mein alter Freund, ich glaube, es wird Zeit für mich, aufzubrechen. Du musst mir augenblicklich Bescheid geben, wenn sich was Neues ergibt, versprochen?«

Bernard nickte nur.

Und obwohl sich Bernard selbst in keiner Weise zu den sentimentalen Typen zählte, musste er schlucken, als Franz sagte: »Weißt du was, du bist mein bester Freund. Eigentlich mein einziger. Schön, dass wir uns so gut verstehen! Ich freu' mich schon wie Bolle auf unser nächstes Treffen. Egal wo und wann. Ganz ehrlich! Also, vielen Dank für alles. Im Keller hab' ich eine Kiste mit einer Überraschung da gelassen. Und jetzt halt den Mund, bevor du irgendeinen Scheiß erzählst!«

Drehte sich um und sprang ins Auto. Der Anlasser lachte, der Auspuff röhrte, der Kies spritze und weg war er.

Bernard wischte sich eine unsichtbare Träne aus dem Augenwinkel, atmete tief durch und beruhigte sich dadurch, dass er das Geschirr wegräumte. Dann ließ er sich auf einem der Stühle, die rings um den Esstisch standen, nieder und drückte ein wenig planlos auf seinem Handy herum.

Bis zur Ankunft von Anette hatte er noch jede Menge Zeit, auch wenn er eine gute Stunde Fahrzeit bis Montpellier einplanen musste. Und weil es ihn brennend interessierte, rief er Pauline an, um zu hören, ob sie ihm etwas berichten könnte.

»Pauline, sei mir nicht böse, aber ich muss einfach wissen, wie es jetzt weiter geht.«

»Kein Problem, Bernard. Man hat mir keinen Maulkorb verpasst«, lachte sie. »Olivier und sein Kumpel haben ohne Pause telefoniert. So weit ich es mitbekommen habe, schickt der zuständige Richter noch in der nächsten Stunde einen Durchsuchungsbeschluss. Dann fahren wir zum Anwesen von Eric Tavernier und stellen alles auf den Kopf. Olivier hat schon massive Verstärkung angefordert.«

»Ich halte euch die Daumen!«

»Danke.«

Die Fahrt bis zum Flughafen Montpellier war alles andere als aufregend. Maximal erlaubte Geschwindigkeit: 130 km/h. Durch Baustellen bedingt, öfters auch nur 90 km/h. Drei Spuren. Rechts jede Menge Fernlaster, in der Mitte ein Auto hinter dem anderen.

Links die, die es eilig hatten, oder denen eine Begrenzung der Geschwindigkeit egal war. Überwiegend Schweizer. Bernard gefiel es sehr, entspannt dahin zu rollen. Die ganzen Wichtigtuer, die er früher auf deutschen Autobahnen so verabscheut hatte, die mit Dauer-Lichthupe und 250 km/h die linke Fahrbahn für ihr Eigentum hielten, gab es hier nicht. Gut und schön, ab und zu brauste mal ein flacher Supersportwagen mit monegassischem Kennzeichen röhrend vorbei, dass ihm die Luft wegblieb. Aber, so what?

Obwohl er die Strecke inzwischen auswendig kannte, achtete er auf das Navi und erreichte eine knappe Stunde vor der geplanten Ankunft seiner Anette den Flughafen *Montpellier Mauguio*. Er parkte und betrat den Ankunft-Bereich, wo ihm ein Bildschirm bestätigte, dass der Flug CDG-MPL ohne Verzögerung eintreffen würde.

Als sein Schatzifrosch endlich um die Ecke kam, strahlend lachend wie immer, einen riesigen Rollkoffer hinter sich her ziehend und ihm begeistert zuwinkte, war Bernards Welt wieder in Ordnung. Er trabte grinsend auf sie zu, umarmte sie und drückte ihr mehrere Küsse auf die Wangen. Endlich konnten sie wieder zusammen an ihrem geliebten Küchentresen sitzen und Wein trinken, während er einen auf Chefkoch machte.

Zurück auf Saint Joseph setzten sie sich noch auf die Terrasse und genossen den milden Abend. Bald würde der Herbst ankommen. Dann hätte es zwar immer noch 20 bis 25 Grad um die Mittagszeit, aber abends draußen essen war vorbei. Bernard schenkte ihnen Wein ein und Anette erzählte und erzählte. Es war eine tolle Zeit gewesen. Sie hatte wirklich viel erlebt. Susi hatte ihr pausenlos von Schottland vorgeschwärmt und Bernard war als Whisky-Freund hellhörig geworden. Nächstes Jahr im April vielleicht oder Anfang Mai …

… ein Direktflug nach Edinburgh, eine Nacht im traditionsreichen *Balmoral Hotel*, der Besuch verschiedener Parks und Gärten, eine Wanderung an der Steilküste entlang. Das klang sehr gut. Sie begannen erste Pläne zu schmieden, als sie das Klingeln von Bernards Handy auf den Boden der Tatsachen zurückholte. Pauline. Sie berichtete aufgeregt und atemlos.

Sie hatten Erics Anwesen gründlich durchkämmt, aber nichts gefunden. Sie hatten sein Auto auseinandergenommen. Nichts. Seine zahlreichen landwirtschaftlichen Maschinen. Fehlanzeige. Olivier hätte vor Wut und Enttäuschung lautstark geflucht und die Leute angetrieben, ordentlich zu suchen. Als wenn sie das nicht schon gemacht hätten.

Eric hatte sich wieder gefasst und haute freche Bemerkungen raus. Sie würden noch von seinen Anwälten hören und so weiter.

Ein junger Polizist, der einen etwas abgelegenen Schuppen untersuchen wollte, stellte fest, dass dieser verschlossen war. Er fragte Eric, was dort so Wichtiges aufbewahrt wurde, erhielt aber weder Antwort noch Schlüssel. Also knackten sie kurzer Hand das Schloss und fanden einen uralten Traktor, mehrere Anhänger und verschiedenste Geräte zum Pflügen, Schneiden der Reben und Spritzen. Säcke voller Pulver, um Kupfersulfat anzumischen. Defekte Reifen, ein rostiger Grill, eine Werkbank und Werkzeug. Nichts Ungewöhnliches.

Bis der Polizist auf die Idee kam, mit einem Holzstock in einer Wanne voller Altöl zu stochern und eine Brille zutage förderte. Er lief zu Olivier und hielt sie ihm, auf dem Stock baumelnd, unter die Nase. Unsicher, ob er sie anfassen sollte, nahm er ihm den Holzstab aus der Hand und wartete, bis das Öl langsam abtropfte. Er alarmierte die Kollegen, die neugierig näher kamen. Als man erkennen konnte, dass die Brille knallrot war, rief Luis aus: »Rémys Brille!« »Eindeutig!«, kam es von Antoine. »Würde ich unterschreiben«, bekräftigte Pauline. Hugo nickte eifrig.

Apostrophe(')

Die hinzugezogenen Polizisten hatten ihren Job beendet und waren dabei, ihre Sachen zu packen. Pauline, Hugo, Antoine und Louis saßen mit Anette und Bernard vor der Bäckerei *Soleil* zusammen und resümierten.

»Bernard, ohne dein Foto von dem Plattencover hätten wir möglicherweise keinen Durchbruch erzielt.«

»Das war ausgesprochenes Glück.«

»Trotzdem. Du hast uns sehr geholfen, vielen Dank!«

»Franz hat mindestens genau so viel beigetragen.«

»Dann richte ihm schöne Grüße aus und dass wir ihm ebenfalls sehr dankbar sind.«

»Na klar!«

Anette bat Pauline, die Details, die sie nicht kannte, nochmals kurz zusammen zu fassen und diese gab sich alle Mühe.

Sie berichtete, dass Eric zugegeben hatte, für den Tod von Rémy Fournier verantwortlich zu sein. Er behaupte, es sei ein Unfall gewesen, aber da würden die Mediziner noch ein Wörtchen mitzusprechen haben.

Er hatte Rémy, den er für seine ganz persönliche Misere verantwortlich machte, an jenem Abend im Golfclub gesehen und ihm Vorwürfe gemacht. Aber der sei ins Auto gesprungen und weggefahren. Da Eric über Rémys amouröse Abenteuer Bescheid wusste und er in der Kneipe mitbekommen hatte, dass ein ganzer Trupp von Fans zum Formel-1-Rennen nach Barcelona fahren wollte, zählt er eins und eins zusammen. Er verfolgt Rémy unauffällig und sieht ihn im Haus von André und Claire verschwinden. Als er im Morgengrauen das Gebäude verlässt, fährt er hinter ihm her Er überholt ihn und zwingt ihn dazu, stehen zu bleiben.

Stellt ihn wütend zum wiederholten Mal zur Rede. Aber weil er nur höhnische Antworten bekommt, brennt ihm die erste Sicherung durch. Er verpasst ihm einen Magenhaken und einen Schlag mit dem Knie, der ihn ausknockt und auf den Asphalt schickt.

Er packt ihn in den Pick-up und fährt zu seinem Haus. Etwas entfernt steht jener ominöse Schuppen. Er lädt ihn ab, fesselt ihn an einen Holzpfosten. Am liebsten würde er ihm pausenlos eine reinhauen, aber er bildet sich ein, ihn zu einem Eingeständnis seiner Schuld bringen zu können. Er formuliert einen Text, den er unterschreiben soll und mit dem er zugibt, für die Folgen der Überschwemmung und die daraus resultierenden Schäden verantwortlich zu sein.

Aber der Bürgermeister ist stur und weigert sich, irgendetwas zuzugeben. Eric ist ratlos. Da er die ganze Aktion nicht durchdacht hat, weiß er nicht, was er tun soll. Er kann den Mistkerl ja schlecht wieder nach Hause schicken.

Als Rémy nach zwei Tagen bemerkt, dass seine Fesseln immer lockerer werden, versucht er mit aller Kraft, loszukommen. Tatsächlich gelingt es ihm, sich teilweise zu befreien. Genau in diesem Moment kommt Eric mit Brot und Käse zur Tür herein. Er begreift sofort, dass Rémy abhauen will. Er stürzt sich auf ihn, umklammert ihn. Sie verlieren das Gleichgewicht. Rémy fällt, so Erics Behauptung, unglücklich mit dem Hinterkopf auf ein Metallteil. Starr vor Schreck registriert er, dass er sich nicht mehr bewegt. Was ihm entgeht, ist, dass dem Bürgermeister beim Aufprall die Brille vom Kopf fliegt und in einer Wanne voller Altöl landet.

Er will die Leiche so schnell wie möglich loswerden und beschließt, sie zu vergraben. Er kennt einen Streifen, der dicht mit Pinien bewachsen ist. Es ist eine der wenigen Stellen, an der keine Reben stehen. Aber er hat weder den Vollmond bedacht, der die gespenstische Szenerie hell erleuchtet, noch hat er seine schlechten Nerven im Griff. Deshalb lädt er die Leiche nur ab und verscharrt sie, so gut es geht. Dass sein Traktor den beiden Jungs auffällt, bemerkt er nicht.

Anette hatte gebannt zugehört. Jetzt trank sie ihren kalt gewordenen Kaffee aus. Biss in ein Stück Mandelkuchen und sagte mit vollem Mund: »Da hab' ich ja echt was verpasst. Kaum bin ich mal weg, schon gibts hier Mord und Totschlag.«

»Ja, aber mit unseren beiden Hilfs-Sheriffs konnten wir am Ende alles aufklären.« Pauline war aufgestanden, ihre Kollegen taten es ihr gleich. »Ich verlass' euch jetzt. Hab' jede Menge Arbeit im Garten. Gestern wurden von der Gärtnerei drei größere Büsche, eine Rose und ein kleiner Lorbeer-Strauch geliefert. Die müssen eingepflanzt werden.«

Bernard und Anette beschlossen, sich einen richtig faulen Rest-Sonntag zu genehmigen. Sie schlenderten Arm in Arm zurück zu ihrem Haus. An einem schmalen Bächlein, das auf mindestens 50

Meter Länge von undurchdringlichem Brombeer-Gestrüpp gesäumt wurde, machten sie Halt und pflückten ein paar Beeren, um sie an Ort und Stelle zu verspeisen.

Sie schmeckten köstlich, aber Bernard musste plötzlich an den Golfplatz und an den toten Bürgermeister im Brombeergebüsch denken und es lief ihm eiskalt über den Rücken.

Zurück auf ihrer geliebten Terrasse, wickelte sich Anette in eine Decke, da der Westwind plötzlich aufgefrischt hatte und kramte ihr Strickzeug hervor. Bernard verschwand nach drinnen und kam mit zwei Gläsern, einer sehr edlen Flasche Whisky, einem uralten Bildband und einer Landkarte von Schottland aus dem Haus.

Anette begann wieder von Schottland zu träumen und erzählte, dass sie vor Kurzem in einem äußerst spannenden Krimi etwas über die äußeren Hebriden gelesen hätte. Da könnte man doch einen Abstecher einplanen. Mit dem Hubschrauber ein Katzensprung. Außerdem wollte sie schon immer Balmoral Castle sehen, den Sommersitz der Königsfamilie. Dazu Loch Ness, die Wollgeschäfte auf der Insel Skye und natürlich Speyside und ihre unzähligen Whisky-Brennereien …

Bernard stellte im Kopf einen groben Zeitplan zusammen. Der Urlaub würde schon jetzt mindestens zwei Wochen dauern und wer weiß, was seiner Liebsten noch alles einfiele. Aber er nickte nur und widersprach nicht. Die Geschichte mit dem Whisky gefiel ihm immer besser.

Als er wenig später mit einer Schachtel Mandelkekse auf die Terrasse zurück kam, war Anette eingeschlafen. Er deckte sie sorgfältig zu, ging ins Wohnzimmer und legte die kürzlich in Barcelona erworbene LP *Apostrophe(')* von Frank Zappa auf. Als das Heulen des Windes aus den Lautsprechern pfiff, das zu Beginn des Liedes *Don't Eat The Yellow Snow* zu hören war, schnappte er sich seinen Whisky, die Kekse und eines seiner Lieblingsbücher, *In den Wäldern Sibiriens* von Sylvain Tesson und begann, es zum zweiten Mal zu lesen.

ENDE